AF502920

MÉMOIRES
POUR SERVIR A LA VIE DE JEAN MONNET.

TOME PREMIER.

SUPPLÉMENT
AU
ROMAN COMIQUE,
OU
MÉMOIRES
POUR SERVIR A LA VIE
DE
JEAN MONNET,

Ci-devant Directeur de l'Opéra-Comique à Paris, de l'Opéra de Lyon, & d'une Comédie Françoise à Londres,

Ecrits par lui-même.

TOME PREMIER.

A LONDRES.

M. DCC. LXXIII.

AU PUBLIC.

LES bontés dont vous m'avez honoré, dans les différentes entreprises que j'ai faites & conduites sous vos yeux, & qui n'ont dû leurs succès qu'aux encouragemens que vous avez bien voulu me donner, me font espérer que vous voudrez bien encore prendre sous votre protection les Mémoires que j'ai l'honneur de vous présenter. S'ils peuvent vous plaire, tous mes vœux ſeront remplis. S'ils produiſent un effet contraire, j'ai pourvu par prudence à cet événement, en traitant avec une Epicière de mon Quartier pour toute l'Edition.

AVIS AU LECTEUR.

MA bonne foi à prévenir le Lecteur, au commencement de cet Ouvrage, sur mon ignorance, doit le rendre indulgent sur les défauts de mon Livre. Sans ordre, & souvent sans vraisemblance, j'ai mis sur le papier les événemens de ma Vie. Je fais cent lieues, & je passe d'un Royaume à l'autre dans l'espace d'une minute. Mes transitions pourroient être plus heureuses; mais j'avoue que cette méthode m'a paru plus commode. Pour varier un peu ces Mémoires, & ne pas occuper les Lecteurs de ma seule personne, j'ai cru devoir y joindre, en forme d'Episode, quelques

Aventures vèritables, déja connues ; & nommées vulgairement les * Myſtifications du petit P***.

* On entend par *Myſtifications* les piéges dans leſquels on fait tomber un homme ſimple & crédule, que l'on veut perſiffler.

MÉMOIRES

MÉMOIRES POUR LA VIE DE JEAN MONNET.

CHAPITRE I.

Naissance, éducation, premières amours.

JE suis né à Condrieux, petite ville située sur le bord du Rhône, dans le Lyonnois, d'une famille honnête, mais peu favorisée de la fortune. Orphelin à l'âge de huit ans, je reſtai chez un oncle juſqu'à quinze. Cet oncle, par ſa gaieté, & la ſingularité de ſon eſprit, étoit le *Rabelais* de ſon canton. Moins occupé de mon éducation que de ſes plaiſirs, à peine m'avoit-il fait apprendre à lire, quand un de mes compatriotes, fils d'un gros Négociant, m'amena à Paris pour me placer chez feue Madame la Ducheſſe de Berry. Là, par le petit mérite que j'avois alors d'imiter & de contrefaire parfaitement la voix & les geſtes de tous ceux que je voyois, je m'attirai en très-peu de temps les bontés de cette Princeſſe. J'étois doué des diſpoſitions qu'il faut avoir pour acquérir des talens; les armes, la muſique, le violon, la danſe, furent les premiers que j'acquis, & que je cultivai ſous les meilleurs maîtres avec aſſez de ſuccès. Cette poſition, & les bienfaits de la Princeſſe, me donnoient les plus grandes eſpérances, quand tout-à-coup ma bienfaitrice fut attaquée de la maladie dont elle mourut le 20 Juillet 1719. Après cette perte, irréparable pour moi, la veuve d'un vieux Militaire s'empara de ma personne, pour la consoler, & pour réparer les vuides que le défunt avoit laissés dans les dernières années de sa vie. Cette bonne fortune, qui n'étoit que l'effet du hazard, & une espèce de noviciat, eut des suites facheuses. Les parens de la Dame la firent enfermer, & je fus obligé de m'en aller chez un cousin que j'avois à Mortagne dans le Perche. Peu de jours après mon arrivée dans cette ville, je fis connoissance avec une jeune personne alliée à une des meilleures familles du lieu, & qui sortoit du Couvent. Je m'introduisis chez sa mère par les moyens les plus convenables à son caractère & à mes vues. Elle avoit des prétentions à la beauté & à l'esprit;

il étoit donc tout ſimple que, lui ayant découvert ces deux foibles, je les entretinſſe continuellement par des éloges dont j'étois bien ſûr que ſon amour propre n'en rabattroit rien. Il ne paroîtra pas plus extraordinaire que par ce moyen je parvinſſe à gagner toute ſa confiance, & qu'elle me laiſſât tout le temps qu'il me falloit pour en inſpirer à ſa fille. Celle-ci, fort crédule, & par elle-même très-diſpoſée à l'amour; moi, jeune, ardent, & avec beaucoup de deſirs, rien ne me fut plus aiſé que de la faire répondre aux miens. Cette paſſion (car il n'y a pas de mal à tout annoblir) fut de part & d'autre, portée trop loin. Nous jouiſſions donc, elle & moi, le plus tranquillement du monde, ou de notre ſentiment, ou de notre erreur, lorſqu'un de ſes maudits parents s'aviſa tout d'un coup de trouver, ainſi que moi, qu'elle avoit de fort beaux yeux, & de ſe mettre dans la tête d'en être regardé auſſi tendrement que je l'étois. Comme, parmalheur pour lui, il ne lui inſpiroit rien de ce qu'il ſentoit pour elle, & qu'elle voyoit d'ailleurs le moment où il faudroit bientôt nous ſéparer, je formai le projet de l'enlever, & elle y conſentit. Il fut donc décidé entre nous, qu'un matin à cinq heures, elle traveſtie en payſanne, je l'emmenerois hors de la maiſon maternelle & du pays. Je ne ſçais ſi nous avions auſſi ſagement pris nos meſures que nous nous en flattions, & ſi ce fut le ſort ou notre imprudence qui nous perdit; mais ce beau projet fut découvert par une ſervante, & par conſéquent, n'eut pas ſon exécution. Forcé de m'enfuir ſans ma proie, autant par la crainte des ſuites que par la douleur de cette perte, j'allai me mettre ſous la protection des Religieux de la Trappe,

CHAPITRE II.

Séjour au Couvent de la Trappe. Nouvelles aventures.

J'ÉTOIS en ce moment dans la ferme résolution de passer le reste de ma vie dans cette maison; mais, trop jeune pour pouvoir supporter les fatigues & la régle austère du Couvent, le Supérieur, à qui j'avois été obligé de faire ma confession, & de déduire les motifs qui m'amenoient, désaprouva ma conduite, & me reprocha le tort que je faisois à la réputation de la Demoiselle. J'en fus donc quitte pour des sermons, de l'ennui, & un jeûne de huit jours : le neuvième je repris le chemin de Paris.

Pendant dix à douze années de ma vie, je m'appliquai à différentes choſes dont je m'acquittai aſſez heureuſement. Je fus Bibliothécaire, Editeur, même Auteur de pluſieurs Ouvrages. Dans cet eſpace de temps j'eus, en bonne ou en mauvaiſe fortune, des aventures aſſez ſingulières, mais dont je crois devoir faire grace au Lecteur. Je me contenterai d'en rapporter une qui auroit pu m'être avantageuſe, ſi j'euſſe eu plus d'expérience, & ſi la prudence m'eût mieux ſervi. La voici.

Un jour de Printemps, à dix heures du matin, traverſant le Jardin du Palais-Royal, je fis la rencontre d'une grande brune de dix-huit à dix-neuf ans, dont la beauté & la modeſtie me frappèrent. La curioſité, & le goût ſubit que j'avois pris pour elle, me portèrent à la ſuivre; dès le même jour je ſçus, par une Couturière, ſon nom, ſa demeure, & les perſonnes à qui elle apppartenoit. Mon embarras n'étoit plus que de pouvoir lui parler ; le moyen le plus facile fut de m'assurer d'un appartement qui, le plus à propos du monde, se trouvoit à louer dans la maison de son père. Cet appartement étoit, & beaucoup trop grand, & trop cher pour moi; mais j'étois trop amoureux pour que ces deux considérations pussent m'arrêter : je conclus donc, & huit jours après je pris possession de mon nouveau logement.

Dans cette maison, de jeunes personnes du voisinage se réunissoient trois fois la semaine chez une veuve qui avoit aussi deux jeunes filles : celle à qui j'en voulois, & une sœur qu'elle avoit, s'y rendoient régulièrement. Ces assemblées avoient pour objet le travail, la lecture, de petits jeux, des chansons, des contes de ma mère l'oye. Je ne fus pas long-temps à m'introduire chez cette veuve par quelques petits ſervices que j'eus occaſion de lui rendre, & qui m'attirèrent ſon amitié & ſa confiance. Je fus préſenté par elle à l'aſſemblée, & agréé unanimement ; on m'en donna même la direction. J'y établis des régles, des amendes, que l'on convertiſſoit en petites colations : j'y réglai les amuſemens ; enfin je devins l'homme néceſſaire, & l'oracle de cette académie bourgeoiſe. Je m'appercevois bien de jour en jour des progrès que je faiſois ſur le cœur de la jeune perſonne ; mais il falloit un entretien particulier avec elle. Je l'eus quatre jours après, par le ſecours de la Couturière, dans la petite maiſon qu'un grand Seigneur de ma connoiſſance avoit à la Barrière-Blanche, & que, dans ſes jours de repos, il vouloit bien laiſſer à ma diſpoſition. Nous étions quatre, la belle Julie, ſa ſœur, la Couturière & moi : j'avois fait préparer une collation, avec l'attention de faire boire quelques verres de vin de Champagne à la sœur & à la Couturière, qui restèrent endormies dans la salle à manger. Pour Julie, elle me suivit sans répugnance & sans efforts dans un petit sallon de verdure qui étoit à l'extrémité du jardin. La conversation roula d'abord sur le mariage : je lui fis une déclaration en forme, appuyée de plusieurs caresses, pour lui prouver, sinon l'honnêteté, du moins la solidité des vues que j'avois sur elle. Comme elle m'inspiroit beaucoup d'amour, & que j'en croyois les desirs, l'expression la plus convaincante, je mis dans ces mêmes caresses plus d'emportement que peut-être elle n'auroit voulu. Je ne sçais si c'étoit un malheur; mais ce qui certainement en étoit un, ce fut l'arrivée de la Couturière. Julie, soit qu'elle le feignit, ou qu'elle fut réellement offensée des libertés un peu vives que j'avois prises avec elle, m'en fit des reproches, pleura beaucoup, protesta de ne me jamais revoir, & finit par s'appaiser.

CHAPITRE III,

Qui contient des choses auxquelles on ne s'attend pas, & que je n'avois pas prévues moi-même.

IL n'étoit plus question que d'imaginer des moyens de nous voir commodément dans la maison où nous logions, & de dérober aux parens de Julie notre intelligence & nos rendez-vous. Soit qu'elle eut plus d'esprit ou plus d'amour que moi, ce fut elle qui en trouva un. Elle me dit que tous les soirs elle mettroit sur sa fenêtre un petit étendard, dont la destination seroit de m'avertir du moment que ses parens seroient couchés. A minuit, dès le lendemain, le signal paroît ; je le vois & je vole dans sa chambre, où je me flattois bien de la trouver ſeule ; mais mes emportemens de la veille l'avoient effrayée ; &, pour ne plus faire courir de riſque à ſa vertu, que j'avois plus houſpillée que pouſſée à bout, elle avoit pris le parti d'aſſocier ſa ſœur à nos entretiens. J'avoue que je tombai de mon haut, quand, après les idées flatteuſes qu'elle avoit paru me donner, je vis qu'elle me mettoit, pour toute nourriture, à la converſation. Il fallut pourtant m'y ſoumettre, &, de tout ce que j'avois porté à ce rendez-vous, ne montrer que le ſentiment, ſi ſa ſœur, la meilleure créature du monde, & pleine de confiance pour ſon ainée, n'eut eu quelquefois la complaiſance de dormir. Cette façon de vivre dura trois mois, non ſans inquiétude : le moindre bruit nous alarmoit ; nous étions ſouvent ſurpris par le lever du ſoleil ; je n'oſois alors gagner ma chambre, dans la crainte d'être vû par des voisins, obligés par état de sortir avant le jour.

Je me rappelle, à cette occasion, avec quelqu'intérêt, (sauf pourtant le scandale) une espèce d'enlèvement qui se fit sous nos yeux, au clair de la Lune. L'héroïne de l'aventure étoit une jeune ouvrière en ruban, fille d'un Sergent du Guet logé dans la même maison; le Ravisseur étoit Officier subalterne dans les petits Corps. Cette expédition, que nous n'avions garde de déranger, tant par prudence pour nous que par humanité pour les fuyards, attira toute notre attention. Dans cette maison il y avoit un gros chien de basse-cour que le jeune homme, par précaution, avoit empoisonné, dans la crainte qu'il n'aboyât. La jeune fille, trouvant la porte fermée, n'imagina d'autre moyen pour s'évader, que de descendre du grenier, en habit d'homme, dans un panier, par la poulie & par la corde qui ſervoient à monter le foin & la paille du cheval de ſon père.

Pour revenir à ce qui nous regardoit, nous fumes ſurpris, à deux heures du matin, par la mère de Julie, qu'on avoit prévenue apparemment de nos rendez-vous. Elle entra bruſquement dans la chambre, & donna à ſa fille plusieurs ſoufflets, qu'elle accompagna des injures convenables à la circonſtance. Le père, homme naturellement groſſier, qui ſurvint auſſi, joua bien ſon rôle dans cette ſcène : je crus alors que le mien étoit de décamper au plus vite ; c'eſt ce que je fis bien heureuſement & fort à propos, à la faveur de l'obſcurité. Le lendemain, nouveau malheur ; on me fit donner congé par Huiſſier, de l'appartement que j'occupois dans la maiſon, & défenſe à la fille de me parler ſur peine d'être renfermée au Couvent. La mère ne la quittoit plus, la ſuivoit, l'aſſiégeoit par-tout; mais malgré ſa défenſe, & les ſoins qu'elle ſe donnoit pour l'obſerver, je recevois des lettres qu'on me faiſoit tenir par toutes ſortes de ruſes. Je donnois les miennes à la loueuſe de chaiſes de ſaint Sulpice qui, par parenthèſe, accordoit ſes bonnes graces à un couſin de Julie, Sculpteur de ſa profeſſion.

CHAPITRE

CHAPITRE IV.

Nouveaux ſtratagêmes, & leurs ſuites.

PLUSIEURS de ces lettres, de part & d'autres, furent données dans l'Egliſe, à côté de la mère même, ſans qu'elle put s'en appercevoir. Le terme expiré, il fallut quitter la maiſon, dans laquelle heureuſement je m'étois conſervé une connoiſſance qui me fut d'une grande reſſource dans la ſuite; c'étoit la femme d'un Couvreur que j'avois ſçu mettre dans mes intérêts. Elle me donna un paſſe-par-tout de la maiſon pour pouvoir y entrer la nuit, aux heures qu'il me conviendroit, & y voir la perſonne qui m'intéreſſoit. Prévenu ſur une noce qui devoit ſe faire dans cette maiſon, le jour du mariage, à ſept heures du ſoir, je me déguiſai en cocher de fiacre. J'avois loué un carroſſe & un guide pour la nuit : je montai ſur le ſiége avec mon guide ; j'allai me placer près de la porte où ſe faiſoit la noce, dans le deſſein de mener les perſonnes qui ſe préſenteroient, & dans l'intention d'y voir Julie, comme j'en étois convenu avec elle. Mon premier emploi fut de la mener elle-même avec la ſœur de la mariée : elles s'étoient détachées de la danſe pour aller prendre une de leurs amies qui demeuroit fort loin. Ma courſe fut payée généreuſement par ma chère Julie, qui ſçut fort adroitement profiter d'un quart-d'heure où ſa compagne l'avoit laiſſée dans mon carroſſe, pour aller chercher ſa parente. Deſcendues l'une & l'autre, je repris mes fonctions, & je ramenai mes pratiques. Je reſtai dans ma première place jusqu'à deux heures du matin, & le temps ne me parut pas long. L'espérance que j'avois de revoir Julie qui, sur différens prétextes, quittoit la noce pour rire avec moi de mon grotesque équipage, me faisoit attendre avec patience le coup de minuit, heure où les pères & les mères se retirent ordinairement pour se coucher : c'étoit le temps où l'on devoit m'introduire dans l'assemblée, sous un habit de masque. J'entrai dans le bal où, loin d'être reconnu, on me prit pour un Chevalier de l'Ordre de Christ, qui logeoit dans le voisinage. Je passai le temps agréablement entre Julie & la sœur de la mariée. Celle-ci étoit une grande dégourdie, vive, enjouée, & de qui j'avois échauffé la tête par des chansons & de petits contes gaillards. Je les débitois singulièrement bien, à ce que l'on disoit, & ils me valoient de temps en temps des complimens & des baiſers très-expreſſifs de la part de mes deux compagnes. Cependant il fallut ſe quitter ; je pris congé d'elles, je rejoignis mon fiacre; j'ôtai mon habit de bal & remontai ſur mon ſiége, me flattant bien, & avec raiſon, que le reſte de la nuit me procureroit encore quelque aubaine. En effet, la ſœur de la mariée ſe préſenta avec un de ſes couſins, en me diſant : *Cocher, êtes vous loué ?* Je les fis monter dans mon carroſſe, pour les conduire au fauxbourg S. Marceau ; mais comme les ſuccès ſont aſſez ſouvent ſuivis de quelqu'accident, il nous en arriva un à la moitié du chemin. Une des roues du carroſſe caſſa, je tombai par terre, &, ſans le ſecours de mon guide qui me retint par mon habit, je me ſerois ſans doute caſſé la tête ou les jambes; graces à lui, j'en fus quitte pour une légère bleſſure à la cuiſſe,

& ceux qui étoient dans mon carrosse, pour la peur. Je laissai le soin de la voiture & des chevaux à mon guide, & donnai le bras à la sœur de la mariée, que je reconduisis chez elle a pied avec son cousin. Cette sœur, qui ne manquoit pas d'esprit, & qui étoit naturellement babillarde, ne cessa, tout le long du chemin, de parler : elle fit la critique de la noce, & personne n'y fut épargné. Celle-ci avoit des taches de rousseur & trop de gorge, l'autre étoit mal faite, & prenoit trop de tabac. Julie, son amie Julie, eut aussi son tour : elle fut blâmée de sa trop grande familiarité avec moi, & de l'indécence qu'elle avoit eu de se mettre sur mes genoux. Il fallaït aussi que j'eusse un défaut ; on me trouvoit trop polisson. Enfin, nous arrivâmes à son logis où je fus payé & renvoyé.

CHAPITRE V.

Visite imprévue, facheux contretems & plainte chez le Commissaire.

Le lendemain, bien empressé de revoir ma chere Julie, je me rendis le soir, à l'heure ordinaire, chez la femme du Couvreur. Dans l'intention d'y souper ce jour là, je m'étois muni d'une volaille froide, d'une langue fourrée, d'un panier de pêches, & de deux bouteilles de vin. Nous nous mîmes à table, & je ne crois pas avoir besoin de dire que Julie fut du souper. La femme du Couvreur, joyeuse & franche de son naturel, animée par quelques verres de vin, rioit de tout ce que je disois, & parodioit avec son époux les caresses que me prodiguoit la belle

Julie. Mais notre bonheur fut encore troublé par l'arrivée de cette insupportable mère, qui nous avoit déja si fort chagrinés. Elle vint frapper a la porte de la chambre où nous étions. Le temps qu'il falloit pour ouvrir cette porte, nous donna, à moi, celui de me cacher sous un lit, & à sa fille, celui de s'échapper par un petit escalier dérobé. La mère, fachée d'avoir manqué sa proie, & cependant persuadée que nous étions l'un & l'autre dans la chambre, pour s'assurer de moi & de Julie, ferma toutes les portes de la maison, & fit lever son mari ; ensuite, escortés de plusieurs voisins, ils montèrent chez le Couvreur. La fille, pour se soustraire à la fureur de sa mère, s'étoit sauvée chez une de ses tantes qui logeoit dans le quartier : moi j'étois toujours sous le lit, l'épée nue à la main, & dans la ferme résolution de me défendre ou de capituler. Mais comme il étoit de mon intérêt de ménager des gens de qui dépendoit tout mon bonheur, & voulant éviter un éclat qui ne pouvoit être pour moi ni glorieux, ni utile, je parus sans mon épée, & avec cette noble assurance que donnent le courage, l'innocence, & l'amour. Je m'excusai d'abord du mieux qu'il me fut possible; je convins d'une partie de mes torts; j'employai dans ce moment tout ce que l'éloquence, l'esprit & l'adresse pouvoient me suggérer pour calmer mes ennemis. Toutes mes raisons ne faisoient que les aigrir d'avantage. Alors je pris le parti de fuir & de fendre la presse l'épée à la main. Le père effrayé, crioit de toutes ses forces par la fenêtre : *au voleur*, *au feu*. La mère, qui craignoit pour la vie de son mari, & encore plus pour l'enlèvement de sa fille, envoya chercher le Guet pour s'assurer de ma personne. Un Locataire de la maison, de qui j'étois connu, & chez lequel je m'étois refugié, me donna des conseils sur la façon dont je devois répondre dans l'interrogatoire qu'on alloit me faire subir chez le Commissaire. Sa femme, qui me plaignoit, & qui étoit la confidente de Julie, pour me raffermir, me fit prendre deux pêches à l'eau-de-vie. Enfin, le Guet arriva, & l'on me conduisit à travers toute la canaille du quartier qui rioit de mon aventure & de la singularité de mon cortége: les uns avoient des bouts de chandelles, les autres des lanternes, des torches de paille, &c. les rues & les fenêtres étoient remplies de monde, & chacun disoit son mot. Enfin j'arrivai chez le Commissaire *le Comte*, Fauxbourg saint Germain. C'étoit un homme d'esprit & fort goguenard qui me connoissoit, & qui, du plus loin qu'il m'apperçut, me dit : *Ah ! vous voilà, M. le drôle ! que venez-vous faire ici : est-ce encore quelqu'affaire de fille ?* Oui, Monsieur, dit la mère de Julie, qui m'avoit suivi ; c'est la mienne qu'il a subornée & voulu enlever. S'il ne dit pas promptement où elle est, je le ferai pendre, & je vous crois trop honnête homme, M. le Commissaire, pour vouloir vous y opposer. Comme on étoit à délibérer sur le parti qu'on devoit prendre, la tante chez laquelle Julie s'étoit retirée, entra & vint rassurer la mère, en lui annonçant qu'elle avoit sa fille chez elle, & qu'elle la lui remettroit à sa première réquisition. On nous mit hors de cour & de procès ; les rieurs furent pour moi, les frais pour la mère.

CHAPITRE VI.

Rupture forcée.

AUSSI-TÔT que j'eus ma liberté, mon premier soin fut de courir où étoit Julie. Je la trouvai dans les pleurs, bien résolue de ne plus me quitter & de me suivre partout où je voudrois la mener. Je lui fis des représentations sur son âge; je lui conseillai de retourner dans la maison paternelle; je lui promis d'employer mes protections & mes amis pour gagner la bienveillance de ses parens. Je fis tout enfin, pour la persuader, & nous nous quittâmes en nous faisant, de part & d'autre, les plus belles promesses, qui n'empêchèrent pas que huit jours après elle ne fut mise dans un Couvent. Feu M. le Prince de Carignan, M. le Duc de Gesvres, & le Curé d'une grande Paroisse, qui m'honoroient de leur protection, employèrent leur crédit auprès du pere; mais toutes ces démarches furent inutiles. Je me croyois assuré de la constance de Julie, à qui j'avois trouvé le moyen de faire parvenir de mes lettres, & d'en recevoir d'elle; mais l'absence, toujours fatale aux Amans, l'éloignement qu'on lui inspiroit pour ma personne, les désagrémens du Cloître, le temps enfin, tout la détermina à épouser un homme de finance que lui avoit procuré la Supérieure du Couvent. Cette perte, irréparable pour moi, ne me laissa que des regrets, & le souvenir d'une femme que je n'oublierai jamais. Un malheur assez communément conduit à un autre; j'eus celui de faire un mariage qui a empoisonné la plus grande partie de ma vie. Cette union, qui dura peu, eut des suites funestes, sur lesquelles je crois devoir tirer le rideau

CHAPITRE VII.

Réforme de l'ancien Opéra-Comique, & fondation d'un nouveau.

A CETTE époque, au mois de Mars 1743, me croyant les talens néceſſaires pour la conduite d'un Spectacle, par les ſecours de deux amis que j'avois dans la finance, & qui me prêtèrent 20000 liv. j'obtins de M. Thuret, alors Directeur de l'Opéra, le privilége de l'Opéra-Comique pour ſix années, moyennant 15000 liv. par an, dont il falloit être tributaire. Ce Spectacle, enfant de la gaieté françoiſe, le berceau & l'école de pluſieurs ſujets qui ſe ſont diſtingués enſuite ſur nos grands Théâtres, avoit ruiné tous mes prédéceſſeurs. Le ſieur Ponteau, alors poſſeſſeur du privilége, homme d'eſprit, mais foible & peu propre aux détails d'une pareille direction, avoit laiſſé tomber ce Spectacle dans un ſi grand aviliſſement, qu'il en avoit abſolument éloigné la bonne compagnie. La livrée y étoit en poſſeſſion du Parterre; elle décidoit des pièces, ſiffloit les Acteurs, & quelquefois même ſes Maîtres, quand ils s'avan oient trop ſur le devant de la ſcène. Les Loges des Actrices étoient ouvertes à tout le monde; la Salle, le Théâtre, étoient conſtruits à peu près comme les Loges des Baladins de la Foire S. Ovide; la garde s'y faiſoit par un Officier de Police, & ſept à huit Soldats de Robe-Courte; l'Orcheſtre étoit composé par des gens qui jouoient aux noces & aux guinguettes, la plûpart des Danſeurs figuroient avec des bas noirs & des culottes de drap de couleur; rien en un mot n'étoit ſi négligé, si sale, si dégoûtant même que les accessoires de ce Spectacle. Voulant y mettre de la décence & de l'ordre, je sollicitai & j'obtins une Ordonnance du Roi qui défendoit les entrées à la livrée. Je fis construire un Amphithéâtre, réparer & décorer la Salle à neuf. Il étoit question de trouver des sujets : on m'indiqua, comme la meilleure troupe de la province, celle du Sieur du Chemin à Rouen, où étoit le Sieur Préville qui remplissoit déja, avec distinction, l'emploi de premier Comique. J'en voulus juger par moi-même, j'allai à Rouen. Les talens, l'esprit, le naturel, & la gaieté de cet Acteur, firent une si grande impression sur moi que je n'étois plus occupé que des moyens de l'attacher à mon Spectacle. Je le laissai le maître de ses appointemens, & de faire tout ce qui pourroit lui être agréable dans la place qu'il occuperoit. Aussi flatté de de ces avantages que preſſé du deſir d'être à Paris, il s'engagea pour la Foire Saint Laurent. Je fis alors la découverte d'un Opéra-Comique qui avoit pour titre, *le Pucelage* ou *la Roſe* ; production de la jeuneſſe de M. Piron, dont on n'avoit voulu permettre ni l'impreſſion ni la repréſentation à Paris, & qu'on avoit laiſſé jouer une ſeule fois ſur le Théâtre de Rouen.

Un Magiſtrat de cette ville qui en avoit conſervé une copie, me la donna en échange d'un petit Recueil de Chanſons, aſſez gaies, que j'avois en ma poſſeſſion. Le lendemain je repris le chemin de Paris, & m'arrêtai à Mantes pour voir jouer une troupe de Comédiens, les plus mauvais & les plus gueux que j'aie vu de ma vie, & qui s'étoient établis le mieux qu'ils avoient pû dans une eſpèce d'orangerie. On joua ce jour là Zaïre :

l'Acteur qui remplissoit le rôle d'Orosmane, n'ayant point d'habit à la Turque, s'en étoit fait un avec deux robes-de-chambres d'indienne : le dos de l'une, mis pardevant, faisoit la soubreveste, & l'autre tout simplement formoit le doliman. Au défaut de turban, dont il n'étoit pas mieux pourvu que d'habit, il s'en étoit fait un avec une vieille culotte. Malheureusement pour le pauvre Comédien, dans un moment d'action, un fourreau de la culotte s'étant détaché tout d'un coup, au lieu de turban qu'elle étoit, elle devint un bonnet à la dragonne.

De retour à Paris, je ne m'occupai plus que de mon Spectacle ; orchestre, ballet, rien ne fut négligé, & j'en fis l'ouverture le 8 Juin 1743, par le *Coq du Village*. On donnoit alors à l'Opéra les Indes galantes. M. Favart qui avoit bien voulu s'attacher à mon

Spectacle, pour l'inspection des pièces & des répétions, fit la parodie de cet Opéra qui eut le plus grand succès, & où les Demoiselles Puvigné & Lâni, avec le Sieur Noverre, se distinguèrent par le pas de trois de l'*Acte des Fleurs* sous les noms de la Rose, Zéphyre, & Borée. Ces trois sujets étoient dirigés par Mademoiselle Salé, Messieurs Dupré & Lâni; l'orchestre par M. Rameau; les décorations & les habits par M. Boucher. Cette Foire, qui fut soutenue par des débuts, & par plusieurs nouveautés de M. Favart, attira un concours de monde étonnant. Dans les débuts, Préville joua, entre autres, le rôle de Colin de *la Servante justifiée*. Son jeu fit tout l'effet qu'on devoit attendre des dispositions de ce grand Acteur; mais son goût décidé pour la Comédie, & ses réflexions sur le peu de solidité de mon entreprise, le déterminèrent à rentrer dans la carrière où il s'eſt acquis depuis une ſi grande réputation.

Le ſuccès conſtant que j'avois eu à cette Foire, me fit redoubler d'efforts pour mériter de nouveau les ſuffrages du Public. Je fis réparer à neuf le Théâtre du fauxbourg ſaint Germain, & je profitai d'un événement littéraire qui fournit le ſujet d'une pièce jouée ſous le titre d'*Acajou*.

Enfin je n'épargnois rien pour ſoutenir un Spectacle que je croyois ſolide & bien aſſuré par mon privilége. Dans cette perſuaſion, je réſiſtai aux ſollicitations d'une Compagnie qui m'offroit des fonds pour prendre l'Opéra, dont M. Thuret vouloit ſe défaire en ma faveur, & je fis de nouveaux préparatifs pour la Foire ſaint Laurent. Mais M. Berger, nouvellement pourvu de la direction de l'Opéra, fit réſilier mon bail huit jours avant l'ouverture de cette même Foire, le fit paſſer à ſon nom, & le fit valoir pour ſon compte, ſans qu'il me fût donné aucun dédommagement pour les avances que j'avois faites.

CHAPITRE VIII.

Duel singulier.

IL est aisé de voir, par ce tableau, que cette entreprise, dont je ne pus jouir qu'une année, ne pouvoit être que fort coûteuse, & peu fortunée pour moi. Je ne fus pas plus heureux du côté des femmes. J'en avois prise une, en même tems que cette direction, des mains d'un homme de qualité qui me l'avoit cédée généreusement ; elle étoit grande, jeune & jolie, mais colère & jalouse par tempérament. Sa folie étoit de croire à ces femmes qui disent la bonne aventure : son tour d'esprit, sans en avoir beaucoup, la portoit souvent à dire des naïvetés très-heureuses. Un jour je la pressois sur la nécessité où elle étoit d'apprendre promptement quatre vers qu'on avoit ajoutés à un rôle qu'elle devoit jouer, elle demanda : *sont-ils bien longs?* Dans une autre occasion où elle me soupçonnoit de lui avoir fait une infidélité sur un canapé qui lui appartenoit, elle me dit, en me montrant ce meuble : *vous mériteriez bien que je vous frotasse le nez là-dessus.* Rien n'étoit si familier pour elle que ces sortes de naïvetés ; mais malheureusement, comme je l'ai déja dit, elle étoit violente, & il ne se passoit pas un jour qu'elle ne me fit quelque scène. Dans le nombre il y en a qui méritent la préférence, telle que celle-ci.

Je m'étois engagé, par pure complaisance, dans une partie de campagne où se trouvoit une femme que j'avois connue assez particulièrement, & voulant laisser ignorer cette partie à ma nouvelle passion, il falloit la tromper. Je lui dis que j'étois appellé à Verſailles pour affaires eſſentielles concernant mon Spectacle, ce qu'elle crut pour le moment ; mais comme elle avoit un eſpion à ſa ſolde, pour me ſuivre, elle ſçut le jour même tout ce que j'avois fait dans la journée. Fontenay-aux-Roſes & les Bois de Verrière furent choiſis pour cette partie; nous dinâmes dans l'un & ſoupâmes dans l'autre. Le dîner fut très-gai ; mon ancienne conquête qui étoit encore fraîche & ragoûtante, & qui aimoit le vin de Champagne, m'en verſoit en me rappellant les bons momens que nous avions paſſés enſemble ; mais il falloit profiter de la promenade. On ſe leva de table, on prit la route du bois ; chacun s'y diſperſa à ſon gré ; nous y reſtâmes juſqu'à dix heures du ſoir que nous rejoignîmes nos carroſſes pour revenir à Paris, où nous arrivâmes à minuit. Je reconduiſis ma compagne, &

je rentrai chez moi. Je ne m'attendois certainement pas à l'orage qui se préparoit : je trouvai Violentine couchée (c'étoit le nom de guerre que je lui avois donné) ; je me déshabillai, & je me glissai doucement auprès d'elle : car, par pure économie, nous n'avions qu'un lit pour nous deux. Je voulus l'embrasser, & lui faire de nouveaux mensonges sur mon prétendu voyage de Versailles ; elle n'y répondit que par plusieurs soufflets bien appliqués qu'elle me donna. Violentine étoit forte & robuste ; pour éviter la répétition des soufflets & autres voies de fait, je pris le parti d'abandonner le lit, & je passai le reste de la nuit sur une chaise, où me livrant à mes réflexions, je vis clairement que ma ruse étoit découverte. Dans cette position tout m'alarmoit, le moindre mouvement de sa part me faisoit craindre tout ce que cette femme étoit capable de faire dans sa fureur. Enfin le jour parût; je voulus rejoindre le lit pour la seconde fois, je fus encore plus mal reçu que la première; rien ne pouvoit la calmer; repentir, excuses, protestations de ma part, tout fut inutile. Elle se jetta en bas du lit en chemise, & s'étant saisie d'une de mes épées, elle me proposa le cartel dans la chambre même où nous étions. Je m'armai de sang froid, & croyant toujours que je pourrois faire tourner la chose en plaisanterie, je lui conseillai de remettre ce combat à l'après-dînée sur la brune. Je lui représentai le danger qu'elle couroit de se mesurer avec moi par la supériorité des armes que j'avois sur elle; qu'il falloit, au moins, que je lui enseignasse la façon de se mettre en garde; enfin, qu'elle eût un habit & une épée pour se battre. Il n'étoit plus question que des leçons que m'étois engagé à lui donner, pour ſe défendre ; elle les reçut avec une fermeté peu faite pour ſon ſexe.

Nos meſures priſes, le rendez-vous donné pour neuf heures du ſoir, & une donation faite entre nous ſous ſeing privé, de ce qui pouvoit nous appartenir, au profit de celui qui ſurvivroit à l'autre, en cas de mort, je l'abandonnai à ſes réflexions, & j'allai concerter avec un ami le dénouement qui convenoit à la piéce. Comme le rendez-vous étoit donné pour neuf heures chez elle, & que nous devions même y ſouper avant le combat, nous convînmes, mon ami & moi, qu'il prendroit le temps que nous ſerions à table pour s'acquitter de la commiſſion dont il étoit chargé. J'allai enſuite chez un Fourbiſſeur faire arranger deux épées de même longueur, dont les lames étoient de bois argenté, &

revêtues d'un fourreau à l'ordinaire. Je revins chez elle, sur la fin du jour, avec les deux épées & un habit que je lui avois fait faire précédemment pour jouer des rôles d'hommes dans l'Opéra-Comique. Je la trouvai couchée sur son canapé, où de temps à autre elle poussoit de gros soupirs, qui me donnoient lieu de croire qu'elle se repentoit déja d'avoir poussé la gageure si loin. Ce silence dura une demi-heure, ensuite on servit, & nous nous mîmes à table. Violentine, toujours dans la plus profonde rêverie, me lançoit des yeux noirs, se mordoit les lèvres, & ne mangeoit point : moi je faisois tout le contraire. J'essayai de mettre quelques propos en avant, pour la faire parler; je lui répresentai encore l'affreuse chose à laquelle nous allions nous exposer, les suites fâcheuses qui pouvoient en résulter, & la douleur dont j'étois pénétré de ſacrifier au point d'honneur tout ce qui faiſoit le bonheur & le charme de ma vie. Rien ne put la tirer du ſilence où elle étoit plongée ; mais, fort à propos, nous entendîmes heurter à la porte. C'étoit mon ami, avec qui j'étois convenu le matin qu'il viendroit à l'heure du ſouper, ſous la forme d'un Officier de Police, muni d'un ordre du Roi, m'arrêter pour cauſe & accuſation de duel. Mon ami joua ſon rôle à merveille ; le mien fut de jouer la ſurpriſe, & de nier le fait pour lequel on venoit m'arrêter. Mon adverſaire, qui étoit dans la bonne foi, ſe montra dans ce moment peu digne du courage & de la valeur qu'elle avoit montrée juſques-là ; au contraire, elle s'évanouit, elle mit en uſage les ſupplications, les inſtances, juſqu'aux careſſes que la peur lui ſuggéroit, pour gagner le prétendu Officier ; elle lui offrit une montre

& un étui d'or, les ſeuls bijoux qu'elle poſſédoit.

Mon ami, qui rioit intérieurement de cette aventure burleſque, touché en même-temps de l'agitation où il voyoit cette femme, lui accorda un délai, c'eſt-à-dire, lui promit de ſuſpendre l'exécution de l'ordre dont il étoit chargé, pour me donner, diſoit-il, le temps de ſolliciter & d'obtenir ma grace, ſous la condition que je reſterois caché, dans les environs de Paris, pour quelque temps : il nous quitta en nous recommandant le plus grand ſecret. La ſeconde nuit fut plus tranquille que la première, mais elle ne fut pas ſans inquiétude de la part de Violentine : à chaque carroſſe qu'elle entendoit paſſer dans la rue, elle croyoit qu'on venoit pour m'enlever. Mon Domeſtique, auſſi original dans ſon eſpèce que je l'étois alors dans la mienne, & que j'avois mis dans la confidence, s'occupa toute la nuit à préparer ce qui nous étoit néceſſaire pour le temps que nous devions paſſer à la campagne. Nous partîmes enfin dans un fiacre, à la pointe du jour, pour aller à une petite maiſon que j'avois à ma diſpoſition à une lieue de Paris. La route fut une alternative de pleurs, de reproches, de careſſes & de ſoufflets, que le ſouvenir du ſujet de notre querelle m'attiroit. Nous arrivâmes à cette maiſon, où nous ne reſtâmes que trois jours qui ſe paſsèrent, tantôt bien, tantôt mal. Il y avoit dans le voiſinage une petite payſanne, jeune & aſſez laide, qui nous apportoit du lait le matin; ce fut encore pour Violentine un ſujet de jalouſie, parce que je m'aviſai de la complimenter ſur la blancheur de ſes dents & ſur le beau noir de ſes cheveux. Ce compliment, tout ſimple de ma part, me valut quelques ſoufflets, & à la petite fille, autant de coups de pied dans le cul. Elle pleura beaucoup; mais je l'appaiſai heureuſement par le moyen d'un petit écu que je lui fis donner par mon Domeſtique. Ce même jour je reçus une lettre de mon ami conçue en ces termes :

» Vous pouvez, Monſieur, » venir à Paris en toute ſûreté. » Un homme, de qui vous ne » vous douteriez pas, à ma ſol- » licitation, a obtenu votre grace; » je vous l'apprends avec bien du » plaiſir. Soyez plus ſage à l'ave- » nir, & plus fidèle à la belle » Dame que j'ai vu chez vous. » Préſentez-lui mon hommage, » & ſoyez bien convaincu du vé- » ritable attachement avec lequel » je ſuis, &c. »

Nous revînmes à Paris : cette lettre calma pour quelques heures la pétulance de Violentine; mais elle ne tarda pas à s'y livrer de nouveau. Enfin après huit jours de patience, excédé de toutes ses fureurs, je me séparai d'elle, pour m'occuper d'affaires plus sérieuses. La direction des Spectacles de Lyon venoit de m'être accordée par le feu Duc de Villeroi, sous la condition que j'y établirois un Opéra. C'étoit le vœu du premier Magistrat de la Ville, & de quelques personnes de distinction, qui, pour donner à Lyon plus de ressemblance avec Paris, avoient fait solliciter le Gouverneur pour avoir un Spectacle en Musique.

CHAPITRE IX.

Voyage, Aventures, &c.

MALGRÉ l'exemple de mes prédécesseurs qui s'étoient ruinés à pareille entreprise, j'eus le courage de ne pas renoncer à la mienne. J'achetai 25000 liv. le magazin du Sieur Mailfer : c'étoit une des conditions de mon privilége. Il n'étoit plus question que de trouver un moyen pour satisfaire le goût général des Lyonnois ; j'y parvins en réunissant à l'Opéra la Comédie & l'Opéra-Comique. Acteurs, Danses, Orchestre, décorations, habits, rien ne fut négligé, & je ne crains pas d'avancer que la ville de Lyon n'a jamais eû, & n'aura peut-être jamais de Spectacle si bon, si varié, ni si agréable. J'en fis l'ouverture le 15 Décembre 1745, par l'Opéra de *Pirâme & Tisbé* : on donna pour seconde représentation la *Surprise de l'Amour*, avec la *Chercheuse d'esprit.* Chaque jour on donnoit de nouvelles pièces, & ce Spectacle fut varié & suivi jusqu'à Pâque. Mais peu de temps après m'appercevant que les recettes n'égaloient pas les dépenses, & qu'elles deviendroient encore moins bonnes pendant l'Eté, je pris le parti de mener à Dijon, pour quatre mois, un détachement de mon Spectacle, c'est-à-dire, la Comédie & l'Opéra-Comique.

Je partis à la tête de mon petit corps de troupe, le 26 Mai 1746. Je ne peindrai pas notre départ de Lyon, notre embarquement sur la Saône, notre arrivée à Dijon, aussi bien que le célèbre Auteur du Roman-Comique a décrit l'entrée des Comédiens dans la ville du

Mans. Ces tableaux ingénieux & pittoresques étoient réservés à cet agréable Ecrivain. Je me bornerai donc à raconter simplement & laconiquement, si je puis, quelques aventures qui nous arrivèrent dans ce voyage.

Nous partîmes de Lyon à quatre heures du matin, non pas dans une charrette semblable à celle qu'a si bien décrite l'immortel Scarron. Une voiture pareille, qui sert encore aujourd'hui à tant d'honnêtes gens, & qui paroît avoir été consacrée particulièrement au transport des Comédiens d'une ville à l'autre, ne seroit plus proposable à la plûpart des Comédiens de nos jours. Nous nous embarquâmes à cinq heures du matin dans la Diligence d'eau qui conduit de Lyon à Châlons; & là, par une distinction particulière, on nous laissa entrer dans la chambre de Paris. Dans cette chambre, il y avoit deux Militaires François, un Jésuite, un Anglois & une Chanoinesse. Après les politesses ordinaires, on dormit, on garda le silence jusqu'à sept heures, à l'exception d'un Perroquet qui appartenoit à la *Soubrette*, & qui ne cessoit de crier, de parler, & de répéter les leçons peu décentes que sa Maîtresse lui avoit données. Cet oiseau, par ses connoissances, pouvoit bien aller de pair avec le *Ver-vert*, si bien peint par M. Gresset. Le jour venu, chacun lâcha son propos : on parla du Gouvernement, de Commerce, de Spectacle, &c.

On n'oublia pas quelques femmes galantes de la ville d'où nous sortions, & enfin j'eus mon tour après elles. Un des deux Militaires, le plus jeune, & sans contredit le plus fat, qui ne me croyoit pas si près de lui, me ménagea peu sur l'article de la galanterie, & sur ses suites fâcheuses. Il s'éleva ensuite une diſpute ſur Newton & Deſcartes, entre le Jéſuite & l'Anglois. Cette diſcuſſion n'amuſoit point le reſte de la Compagnie, & principalement la Chanoineſſe que j'avois déja lorgnée, & qui paroiſſoit l'être de tous les hommes de la chambre. Préville & moi nous fîmes ceſſer cette converſation par une tirade de plaiſanteries qui excitèrent la joie, & nous mirent en poſſeſſion de dire tout ce qui nous paſſoit par la tête. Enfin nous arrivâmes au dîner qui fut court & aſſez mauvais; & nous continuâmes nôtre route. L'après-midi on joua, on fit aſſaut de bons mots, de *calambours*; on débita quelques contes, & nous arrivâmes à Mâcon, à neuf heures du ſoir, dans la meilleure Auberge de la ville.

Chacun marqua ſa chambre; je pris ſoin d'en faire donner une bonne à la Chanoineſſe, & à une eſpèce de femme-de-chambre qu'elle avoit. On ſe mit à table; le ſouper étoit aſſez bon, le vin médiocre. Pour en avoir de meilleur, j'eus recours à une ruſe qui me réuſſit. Je demandai très-ſérieuſement à l'Hôteſſe, ſi quelques Bourgeois de la ville ne pourroient pas, pour de l'argent, nous céder quelques bouteilles de Bourgogne vieux : on m'indiqua un M. Girard, Commiſſionnaire pour la fourniture des vins de la Cour. Mes réflexions furent bientôt faites : comme je devois partir le jour d'après de très-grand matin, & que je ne craignois point d'être découvert par ce M. Girard qui ne me connoiſſoit pas, je pris le nom de *Darlu*, & je lui écrivis un billet conçu en ces termes.

» Darlu, * couſin-germain de
» celui qui a l'honneur de fournir
» le vin pour le Roi, prie M. Gi-

---

* Alors Marchand de vin du Roi.

» rard de vouloir bien lui envoyer » quatre bouteilles de son meilleur » vin, & de lui faire l'honneur » d'en venir boire sa part. » Ce billet, que je fis porter par le garçon de l'Auberge, avec un louis pour payer le vin, eut tout le succès que je pouvois en attendre. M. Girard étoit dans son lit avec la goutte; il me renvoya honnêtement le louis que j'avois donné, six bouteilles d'excellent vin, & des excuses sur le chagrin & l'impossibilité où il étoit de ne pouvoir venir me rendre ses devoirs. Cette scène finit par beaucoup de remerciemens de ma part à M. Girard, & six francs pour boire au porteur. L'air aisé que j'avois mis dans cette plaisanterie, le procédé noble de M. Girard, le sérieux persifflage de Préville, m'attirèrent une sorte de considération de la part de la Chanoinesse & des autres personnes de la compagnie.

Nous partîmes le lendemain à cinq heures du matin, & cette journée se passa à peu près comme la précédente. Le jeune Officier s'étendit sur ses bonnes fortunes, & sur ses liaisons avec des femmes de la Cour; il nous vanta son goût, son élégance pour la parure; il nous parla chevaux, romans, poésies; il savoit & connoissoit tout, à ce qu'il disoit. La Soubrette qui, avec de l'esprit, étoit railleuse de son naturel, & avoit le sarcasme à commandement, ne l'épargnoit pas. Il n'y eut pas jusqu'au Perroquet, que le hazard faisoit rire & jurer à propos, qui ne contribuât au comique de cette scène.

CHAPITRE X.

Continuation du précédent & quelque chose de plus.

ENFIN nous arrivâmes à Châlons, où il fallut se séparer. Après les plus tendres adieux de part & d'autre, nos compagnons de voyage se rendirent à l'Auberge destinée pour la Diligence de Paris. Il n'y avoit point de logement pour nous; il falloit en chercher ailleurs; toutes les maisons étoient prises par des Officiers qui revenoient de la guerre d'Italie. On nous refusoit par-tout, lorsque je m'avisai d'un stratagême pour nous loger. Préville, instruit de mon projet, & qui se plaisoit à me servir dans mes facéties, nous mena dans la meilleure hôtellerie de la ville. Après nous avoir déposés dans une ſalle au rez de chauſſée, qui tenoit à la cuiſine où étoit le Maître de la maiſon, il alla lui parler. Pour l'engager à nous donner une chambre, il lui fit une hiſtoire ſur une prétendue diſpute que j'avois eue dans la diligence avec un Abbé, & me peignit comme un homme que des accès de folie rendoient ſi furieux, qu'il ſeroit dangereux de me faire manger à une table où cet Abbé pourroit ſe trouver. Il lui perſuada donc qu'il étoit de la plus grande importance pour lui-même, qu'il nous fit ſouper & coucher dans un appartement ſéparé. De mon côté, comme j'étois à portée d'être entendu par cet Hôte, je criois, je jurois, je faiſois un bruit de diable; & pour donner de la vraiſemblance à cette ſcène, j'affectois la plus grande colère contre l'Abbé. Toute la maiſon étoit en allarme du bruit que je faiſois. Préville alloit & venoit pour m'adoucir & me faire entendre raiſon : rięn ne put me calmer que la préſence de l'Hôteſſe, qui vint de la meilleure grace du monde m'offrir ſa chambre où elle nous conduiſit elle-même.

On nous y fit établir des lits; on alluma du feu, & l'on nous ſervit à ſouper. Je bus quelques verres de vin de plus qu'à mon ordinaire, pour pouvoir ſoutenir le rôle que j'avois pris, & m'amuſer de la crédulité des gens de la maiſon. Ayant toujours l'Abbé pour objet, je continuai mon carillon. Le ſouper fini, mes compagnons ſe couchèrent, & je reſtai ſeul à table à leur faire des contes; enfin gagné par le froid & par le ſommeil, je pris le parti de me déshabiller. Mais, ſans m'en appercevoir, je me trouvai nud & ſans feu : il y avoit ſeulement un bout de chandelle ſur la table qui rendoit les derniers ſoupirs. Je courus à la fenêtre appeller la servante, pour baſſiner mon lit : elle dormoit ſans doute, car je fus obligé de l'appeller une ſeconde fois. Quand elle fut venue, & qu'elle eut ouvert la chambre, je repris de nouveau ma fureur, & adreſſant la parole à mes compagnons, je leur dis, avec toute l'énergie de notre langue ; Meſſieurs, j'ai tué ou bleſſé (vous le ſavez) deux valets & quatre ſervantes, pour m'avoir impatienté ; celle-ci ſera la cinquième. Cette fille, qui avoit déja aſſez mauvaiſe opinion de moi, par tout ce qui s'étoit paſſé dans la ſoirée, prit l'épouvante, jetta la baſſinoire dans le milieu de la chambre, & m'enferma à double tour. Cette précaution de ſa part, que je n'avois pas ſçu prévoir, la patience que je mettois à ramaſſer du bout des doigts les charbons qui étoient tombés par terre, celle que j'avois de baſſiner mon lit & de me coucher ſans lumière, excitoient les éclats de rire de toute la chambrée.

Le lendemain à ſept heures du matin, l'Hôte vint lui-même nous délivrer ; mais je feignis de dormir, pour jouir plus à mon aiſe de ce qui ſe paſſeroit entre Préville & lui. Ce dernier ſe leva, lui fit des excuſes, le loua de ſa prudence à mon égard, & lui recommanda ſur-tout d'être équitable ſur le mémoire de notre dépenſe, pour ne pas donner lieu à une nouvelle ſcène. L'Hôte qui ne demandoit pas mieux que de ſe débarraſſer de nous, accepta tout ce qu'on voulut lui donner, & nous ſortîmes pour rejoindre la voiture qui nous conduiſit à Dijon.

Deux Acteurs de ma troupe, que j'avois laiſſés à Lyon, tombèrent malades en route. Informé de leur ſituation, & ne pouvant ſans eux faire jouer aucune pièce, je m'avisai de donner sur le Théâtre de la Comédie de cette ville, des Concerts & des Feux d'artifice, qui, par les talens distingués de plusieurs Symphonistes que j'avois avec moi, & par l'intelligence d'un Artificier Italien que le hazard avoit amené à Dijon, réussirent au delà de mes espérances.

Enfin mes deux Acteurs arrivérent, & l'on donna pour la première représentation *l'Homme à bonnes fortunes*, Comédie, & *le Bal bourgeois*, Opéra-Comique. On joua successivement, pendant trois mois, quatre fois la semaine, les meilleures pièces du Théâtre François. Les Acteurs furent encouragés par le concours des Spectateurs, & leurs talens appréciés. Cette Ville, où généralement il y a de l'esprit & du goût, qui de plus a produit de grands hommes dans les sciences & dans les lettres; fut une bonne école pour moi

& pour les Acteurs de mon Spectacle. Les chefs de ma troupe logeoient dans une maiſon voiſine du Théâtre, appellée communément *l'Hôtel des Comédiens*. Mademoiſelle B. . . occupoit le rez de chauſſée, les Sieurs *Préville* & *Belcourt* le premier étage, le Sieur *Fierville* & la *Soubrette* le ſecond. Peu de jours après notre arrivée, à deux heures du matin, le feu prit dans cette maiſon, & fit en très-peu de temps beaucoup de progrès. On ſonna le tocſin pour avoir du ſecours, & dans l'eſpace d'une demi-heure, la rue fut remplie de gens qui s'empreſſoient d'éteindre le feu. Qui croiroit que ce ſpectacle, ſi effrayant par lui-même, fut devenu plaiſant par les circonſtances? Chacun cherchoit à ſauver ſa vie & ſes effets. Les uns fuyoient par les toits dans les maiſons voiſines, les autres deſcendoient par des cordes. *Préville* franchiſſoit les

marches

marches de l'escalier quatre à quatre, traînant son coffre après lui ; *Belcourt* jettoit froidement par la fenêtre ses hardes & son bassin à barbe de porcelaine, pour les sauver de l'incendie ; la *Soubrette* en chemise, grimpée sur les épaules de *Fierville*, se sauvoit tenant son perroquet d'une main & son chien de l'autre ; Mademoiselle B.... que le feu avoit surprise dans son lit, se leva précipitamment, & relevant le bas de sa chemise, s'en servit comme d'un tablier retroussé, pour y mettre sa montre, & ce qu'elle avoit pû sauver de ses autres effets. Dans cet état, elle s'écrioit, en traversant la foule : » Ah ! Messieurs, ah ! Messieurs, sauvez-moi la vie & mes » bijoux. » On conçoit aisément combien cette façon de sauver ses bijoux parut singulière aux assistans.

Dans le temps qu'on s'empresſoit le plus à éteindre le feu, une femme crioit de toutes ſes forces : » Ah, mon Dieu ! Ah, mon Dieu ! » toute la Ville va brûler ! » Un homme fort occupé à donner du ſecours, & impatienté de ſes cris, lui dit avec une brutalité naïve : » Taiſez-vous donc, avec votre » chienne de Ville. Si elle brûle, » on vous la payera. »

Enfin le feu fut éteint, & il n'y eut d'autre malheur que la mort du Perroquet, & une fauſſe couche occaſionnée par la peur. Cet accident n'interrompit point les repréſentations de la Comédie. Elles n'en furent même que plus ſuivies, par l'intérêt que l'on prit aux Acteurs qui avoient ſouffert de l'incendie ; & tout proſpéra juſqu'au moment où nous retournâmes à Lyon, pour y ranimer les Spectacles que j'y avois laiſſés, & que je trouvai en mauvais ordre.

CHAPITRE XI.

Affaires, raccommodement, nouvelles brouilleries, rupture finale.

ON avoit fait de si mauvaises recettes pendant mon absence, qu'il ne me restoit plus assez d'argent pour payer mes Acteurs. J'eus recours à une Loterie, dont le fonds étoit de 500 louis : elle étoit composée de mille billets à 12 liv. & de douze lots, qui donnoient l'entrée aux premières places du Spectacle pour une année seulement. Les perdans étoient remboursés jusqu'a la concurrence d'une pistole, en billet d'entrée à telle place que l'on jugeoit à propos. Cette Loterie, qui s'étoit faite avec permission, fut remplie en très-peu de temps, & tirée à l'Hôtel-de-Ville en présence des Magistrats. Toutes ces ressources, qui n'étoient que momentanées, achevèrent de me convaincre qu'il étoit impossible qu'un Opéra se soutînt dans la Province. Alors j'en fis solliciter la suppression, & elle me fut accordée avec la continuation de mon privilége pour la Comédie & l'Opéra-Comique.

Les Lyonnois, qui, pour le luxe, les modes, la galanterie, suivent toujours l'impulsion de la Capitale, entretenoient plusieurs Actrices de mon Spectacle : les Acteurs avoient de leur côté quelques bonnes fortunes parmi les Bourgeoises de la Ville; tout cela produisoit des aventures dont je rapporterai les traits les plus singuliers. Mademoiselle de B... avoit à la fois quatre intrigues, deux d'intérêt, l'une avec un Magistrat, l'autre avec une Négociant; une troiſième avec un Officier en ſemeſtre, & une quatrième avec un de ſes camarades, qui étoit le repréſentant, le ſouſtraitant, & le conſeil de la maiſon; ſans compter ce qu'elle accordoit à ſes caprices. Le Magiſtrat fourniſſoit à la dépenſe, & c'étoit le plus maltraité, comme de raiſon. Un jour qu'il étoit dans ſon cabinet avec un de ſes Clients qui plaidoit en ſéparation, il reçut une lettre de la Demoiſelle B... qui en avoit écrit une autre au Négociant. Mais, ſoit par mépriſe de la part du Commiſſionnaire, ou par une fatalité qui n'eſt pas ſans exemple, le Magiſtrat reçut celle du Négociant, & le Négociant celle du Magiſtrat. Rien de plus plaiſant que la ſcène qui ſe paſſoit alors, entre le Plaideur & ſon Juge, pendant la lecture de cette lettre. Le premier continuoit de parler de ſon procès, & des griefs qu'il avoit contre ſa femme. Le Magiſtrat piqué, humilié de la préférence qu'on donnoit à ſon rival, ne répondoit que par les injures dont il accabloit ſa perfide. Le Client les interprétoit en ſa faveur, croyant qu'elles s'adreſſoient à ſa femme, & qu'elles marquoient l'intérêt qu'il vouloit bien prendre à ſa cauſe. Cette aventure fit du bruit ; le Plaideur perdit ſon procès, & le Robin, (ce qu'on n'aura pas de peine à croire) n'en fut que mieux dupé dans la ſuite.

Violentine, que j'avois laiſſée à Paris, vint me rejoindre. Si, au moral, elle tourmentoit mon exiſtence, elle m'étoit, quant au phyſique, d'une néceſſité preſque abſolue. Pour ſon repos & pour le mien, nous nous logeâmes ſéparément. Elle fut aſſez tranquille pendant quinze jours ; mais ſa jalouſie la reprit de nouveau, & devint plus forte que jamais. Elle eut plusieurs scènes avec ses camarades, qui toutes, à la vérité, se plaisoient à lui faire sans cesse des niches. Elle en eut une avec un Echevin qu'elle entreprit pour un souper que j'avois fait chez lui avec deux jolies femmes (car elle ne vouloit pas qu'on le fut plus qu'elle). Cet Echevin voulut en imposer avec le ton de gravité, propre de son état; mais Violentine, ne sortant point de son caractère, lui fit voler sa perruque dans le feu. Cette querelle, qui se passa dans le foyer de la Comédie, & qui interrompit le Spectacle, eut pour elle des suites désagréables; elle subit, pour châtiment, huit jours de prison, une amende au profit des pauvres, & une réparation au Magistrat. Cette punition, qui auroit dû la corriger, ne la rendit que plus folle, comme on le verra par l'aventure ſuivante. M. le Chevalier de B**. dans un ſéjour qu'il fit à Lyon avec une très-jolie fille, m'invita à manger chez lui pluſieurs fois avec ma compagne. Je m'excuſois toujours ſur mes occupations, & ſur le caractère peu liant de Violentine ; mais comme ſon projet étoit de cauſer de la tracaſſerie dans mon ménage, il perſiſta & me détermina enfin à être d'un ſouper qu'il avoit arrangé chez les frères Chabert * avec des gens de notre connoiſſance. Je ne m'y engageai cependant que ſous la condition que ma compagne ne ſçauroit rien de cette partie. Il ne fut plus queſtion que d'imaginer un moyen de la retenir chez elle, & de la faire coucher de bonne heure ; de là dépendoient ma liberté, & le moment de pouvoir m'échapper.

* La meilleure Auberge de la Ville & peut-être du Royaume.

Le jour pris pour ce ſouper, j'entrai le matin dans la chambre de Violentine, qui étoit encore couchée. Je m'approchai de ſon lit, & après lui avoir dit que je la trouvois plus pâle qu'à l'ordinaire, je lui fis des queſtions ſur ſa ſanté; je lui tâtai le poulx; je lui perſuadai qu'elle étoit malade & plus en danger qu'elle ne croyoit; enfin, qu'il falloit promptement combattre la maladie par la diette, des lavemens & du repos. Comme elle étoit crédule, qu'elle s'écoutoit beaucoup, & qu'elle avoit la plus grande crainte de la mort, il ne me fut pas difficile de la convaincre, & de lui faire faire tout ce que je voulus. Je lui conſeillai donc de garder le lit, & je la fis ſaigner par le Chirurgien attaché à mon Spectacle, que j'avois mis dans la confidence. Elle déjeûnoit ordinairement avec du caffé à la crême, & un petit pain; elle ne prit rien ce jour là ; on lui donna ſeulement un bouillon, & elle dîna peu. L'après-midi je la conduiſis à la promenade, pour lui faire prendre l'air ; je la ramenai chez elle à ſept heures, & je la fis coucher à huit. De temps en temps elle me témoignoit la plus grande envie de manger, mais j'avois grand ſoin de l'en empêcher. Perſuadé d'avance qu'elle n'accepteroit pas ma propoſition, je m'offris à lui ſervir de garde pendant la nuit : j'inſiſtai même d'autant plus, que j'étois ſûr de la conſtance de ſes refus ; enfin je l'embraſſai en prenant congé d'elle, & je me rendis à notre ſouper. J'y arrivai un peu tard, puiſqu'on étoit au ſecond ſervice, & je me plaçai ſur une chaiſe qui m'étoit deſtinée du côté de la porte. Un moment après que je fus aſſis, M. le Chevalier de B**. qui m'avoit invité, ſe leva de table, & quitta la compagnie ſous le prétexte d'une indigeſtion, non pour ſe coucher, comme je le croyois, mais pour aller chez Violentine. Il y arriva à minuit, & il frappa pluſieurs coups. Le Domeſtique ſe leva & lui demanda ſon nom au travers de la porte; il ſe nomma, & dit qu'il vouloit abſolument parler à ſa Maîtreſſe pour une affaire de la plus grande conſéquence, On l'éveilla, & l'on fit entrer le Chevalier.

La ſcène ſuivante, qui ne peut que perdre ſur le papier, fut délicieuſe. Le Chevalier entra dans ſa chambre avec l'air de la colère & du déſeſpoir, jurant fulminant contre moi & contre ſa Maîtreſſe. Puis, adreſſant la parole à Violentine, il lui dit, plus énergiquement que je ne le redirai : » Oui, » Mademoiſelle, je viens de ſur- » prendre votre coquin de Mon- » net couché avec ma Maîtreſſe,

» & j'ai cru devoir vous en aver» tir. Levez-vous promptement, » je vous conduirai où ils sont. » Il seroit encore difficile de peindre ici l'emportement, l'agitation, les différens mouvemens & le trouble que cette fausse alarme mit dans l'esprit de Violentine. Elle étoit si agitée qu'en s'habillant elle prenoit sa coëffure pour ses bas, sa jupe pour son corset, & que tout alloit de travers. Je n'étois pas épargné dans ses propos; les épithètes alloient leur train; elle ne pouvoit pas digérer la fourberie que j'avois employée pour la tromper, & comptant bien me surprendre, elle prit le bras du Chevalier. Elle arriva bientôt chez les frères Chabert, où je ne l'attendois certainement pas. J'étois, comme je l'ai déja dit, placé du côté de la porte; & dans la plus heureuse position pour recevoir de Violentine le châtiment qu'elle me préparoit. Elle entra : ſa préſence fut un coup de théâtre. Sa ſurpriſe de voir que le Chevalier l'avoit jouée, la détermina à s'en venger ſur ſa Maîtreſſe, qu'elle auroit fort maltraitée, ſi on ne les eût pas ſéparées. Je ne perdis rien pour attendre : elle vint à moi à grands coups de pied, me fit ſortir devant elle, en me reconduiſant chez moi ſur le même ton. Cet eſpace de temps, qui me parut beaucoup trop long, ſe paſſa en reproches & en injures de ſa part ; mais huit jours après, pour ſon bonheur & le mien, nous nous ſéparâmes tout-à-fait.

CHAPITRE XII.

Nouveau project dont on verra l'issue.

DÉBARASSÉ de ce fardeau, que je n'avois supporté que trop long-temps, je ne m'occupai plus que de ma direction ; je supprimai l'Opéra pour m'en tenir à la Comédie & à l'Opéra-Comique. Cependant, bien convaincu par l'expérience que je venois de faire, que je ne pouvois acquérir ni gloire ni fortune dans la Province, je reçus une lettre qui m'apprenoit que M. Berger, alors Directeur de l'Opéra étoit dangereusement malade. J'écrivis à M. D **. qui pouvoit beaucoup me servir pour obtenir cette place par les liaisons qu'il avoit avec le Ministre & les personnes de qui elle dépendoit ; ſa réponſe fut prompte & conçue en ces termes.

» Il y a long-temps que je ſuis » perſuadé, Monſieur, qu'il n'y » a que Paris qui convienne aux » grands talens, & qu'ils ſont » preſque étrangers par-tout ail- » leurs. J'ai communiqué votre » lettre à M. *Sallé*, qui n'a pas » beſoin d'être ſollicité en votre » faveur. Il vous rend toute la » juſtice qui vous eſt due, & fera, » ainſi que moi, auprès du Mi- » niſtre, tout ce qu'il faudra pour » vous obliger. Je vous conſeille, » encore une fois, de diriger tou- » jours vos vues du côté de la » capitale ; & ſi je ſuis aſſez heu- » reux pour être utile à vos deſ- » ſeins, je ne négligerai rien pour » vous prouver combien j'ai l'hon- » neur d'être, &c. »

Sur cette lettre, je mis ordres à mes affaires à Lyon, & pris la route de Paris par Moulins, où j'arrivai à cinq heures du soir. Une affiche de Comédie m'empêcha d'aller coucher plus loin ; on donnoit *Britannicus*. L'Acteur qui jouoit le rôle de Burrhus, étant ivre mort, il n'eut pas bredouillé quatre paroles qu'il fut hué, sifflé, & emmené par deux de ses camarades qui le déposèrent sur une chaise dans une coulisse. Sa femme, qui jouoit dans la même troupe, & qui étoit d'une jolie figure, s'avança sur le devant du Théâtre, les yeux baissés, fit deux grandes révérences, & demanda la grace de son mari, qu'elle obtint avec des applaudissemens redoublés. Le mari qui dormoit déja, & que le bruit avoit réveillé, vint tirer sa femme par le bras & lui dit, avec sa voix d'ivrogne : *Tu as bien parlé, toi ; mais tu te donnes de la peine en vain ; car ils sont là un tas de dindons qui ne sçavent ni A ni B.*

De

De retour à Paris, ayant toujours le projet d'obtenir la direction de l'Opéra, j'employai mes protections, & je formai une compagnie pour faire les fonds nécessaires ; mais la maladie de M. Berger fut longue. Comme j'avois pris la résolution de ne plus retourner à Lyon, le Sieur R.... me conseilla de céder mon privilége au Sieur B.... qui se présentoit pour le prendre. J'y consentis sous la condition qu'on payeroit les dettes que j'avois été obligé de contracter pour cette entreprise, & qu'on me donneroit, par forme de dédommagement, huit mille livres comptant, ou une pension viagère sur le Spectacle. Mes conditions furent acceptées ; mais, par une fatalité dont je suis encore à pouvoir découvrir la cause, je n'eus ni pension ni argent. Il est cependant de toute notoriété, & à la connoissance de plusieurs personnes de cette ville, que la cession que j'avois faite au Sieur B.... a dû procurer un avantage réel à mes successeurs ; mais ils ont tous, jusqu'à présent, gardé le plus profond secret sur le profit qu'ils ont tiré de mes dépouilles, & sur la restitution que j'étois en droit d'exiger d'eux, s'il m'eût été permis de me pourvoir en Justice. Je ne dois cependant pas garder le silence sur une somme d'environ dix-huit cent livres que j'ai reçue depuis en différentes fois, par un inconnu, sous le sceau du secret, & sur ma quittance. Cette espèce de restitution, qu'on ne peut attribuer qu'à une ame juste & honnête, me fait espérer qu'on n'en restera pas là. Je desire bien que ce soit plutôt que plus tard, tant pour ma satisfaction particulière, que pour l'acquit de la conscience du débiteur, qui peut mourir avant l'entier paiement.

Pour revenir à l'Opéra de Paris, M. Berger mourut enfin. Cette direction, qui a toujours été enviée, mit en mouvement beaucoup de monde, & trois Compagnies se présentèrent. La mienne, composée seulement de quatre Financiers sages & solvables, qui s'étoient proposé de traiter cet objet comme une affaire de finance, fut aussi présentée, & se retira aussi-tôt, parce qu'elle ne crut pas devoir accepter des conditions trop onéreuses.

CHAPITRE XIII,

Où l'on verra que le Tonnerre est bon à quelque chose.

Je me consolai de ce malheur par la découverte que je fis, quelques jours après, d'une jeune femme mariée, & maîtresse de ses volontés sous le bon plaisir de son mari. Cette femme étoit entretenue par un Militaire très-avancé dans le Régiment des Gardes, & à qui elle me présenta comme son cousin. Aidé de cette prétendue parenté, qui ne laissoit aucune prise au soupçon, je fis bientôt autant de progrès dans l'esprit de l'Officier que j'en avois fait dans le cœur de sa maîtresse. J'étois le médiateur de leurs querelles & de leurs raccommodemens. La petite femme étoit coquette & pleine de caprices ; le Militaire exigeant, & peu fait pour plaire. Je devins le maître des volontés de l'un & de l'autre : tout n'alloit & ne se faisoit que par moi. Mais je ne sçais par quel principe, ou par quelle fantaisie, je ne fus vraiment heureux qu'au bout de trois mois ; encore fut-ce à quelques éclairs, & à un grand coup de tonnerre que je dus mon bonheur. Cet orage lui causa tant d'effroi, qu'elle me pria de passer la nuit dans sa chambre. Pour avoir peur plus à son aise, elle prit le parti de se coucher ; & afin que je pusse la rassurer moi-même plus commodément, elle crut convenable de me faire aussi coucher à côté d'elle. Sa frayeur étoit si grande, qu'à chaque éclat qu'elle entendoit, elle s'enveloppoit de sa couverture & me serroit de toutes ses forces. Elle avoit en même temps recours à l'eau benite, aux prières, & à tout ce qu'elle croyoit pouvoir calmer le courroux du Ciel; mais elle n'imaginoit rien où je pusse trouver mon compte, ni qui justifiât les espérances, qu'en me rapprochant si près d'elle, elle m'avoit fait légitimement concevoir.

Comme elle ne doutoit pas que ses péchés n'entrassent pour quelque chose dans cet orage, il eût été fort imprudent à moi de tenter alors aucune entreprise. Rien dans les femmes n'éteint mieux le desir que la peur. Mais quelque long que pût être l'orage, la nuit devoit l'être encore plus; & je restois dans la position la plus heureuse & la plus conforme aux vues secrettes que j'avois conservées. Vers les deux heures du matin, l'orage effectivement cessa; & malgré toutes les craintes qu'il avoit fait naître, (je ne sçais comment cela se fit; peut-être, si on l'eût interrogée, n'en auroit-elle pas ſçu plus que moi) nous devînmes les meilleurs amis du monde, avec plus de deſirs que d'amour. Mais la choſe qui m'importoit le moins, étoit que je duſſe, comme elle diſoit, ſes bontés à la circonſtance plutôt qu'au ſentiment.

D'encore en encore, la confiance s'établit. Elle me fit l'aveu de ſa naiſſance, de ſes foibleſſes, & de tout ce qu'elle avoit fait ou n'avoit pas fait dans le courant de ſa vie. Elle ſe diſoit fille naturelle du Roi de P**. & d'une grande Dame d'Allemagne. Pour ſatisfaire ſa manie, elle avoit le portrait d'un Prince en bracelet, entouré de diamans. Ce portrait, elle l'avoit fait faire à ſes dépends, quoiqu'elle dit l'avoir reçu de ce Prince pour une légère faveur qu'elle avoit bien voulu lui accorder. Elle avoit fabriqué pluſieurs lettres qu'elle ſe faiſoit adreſſer par des Seigneurs

François ou étrangers. Enfin sa fureur étoit de vouloir en imposer & de se faire croire en relation avec tous les Grands de l'Europe.

La vanité & le mensonge avoient si bien germé dans la tête de cette femme, qu'un jour, après m'avoir laissé le choix de plusieurs places considérables, dont elle croyoit pouvoir disposer par son crédit, elle me proposa, du plus grand sang froid, de me faire donner une Ambassade dans une Cour du Levant. Pour servir sa folie & m'en divertir, j'acceptai l'Ambassade en lui témoignant la plus vive reconnoissance, & en lui faisant sentir cependant combien j'étois peu fait pour une place de cette importance. Elle n'avoit garde de débiter ses rêveries devant le vieux Militaire ; il n'étoit ni assez doux ni assez complaisant pour les entendre ; mais comme il n'en coûtoit rien à mon humeur, j'approuvois, j'applaudiſſois à tout. Ses idées chimériques continuè-rent tout le temps que je la connus. Elle tomba malade ; l'Officier mourut ; je ne fus point Ambaſſadeur, & le mari rentra dans ſes droits.

Sa maladie devint ſérieuſe, & les Médecins lui ordonnèrent les eaux de Paſſy. Nous prîmes un appartement où nous vivions à frais communs, mais ſans qu'elle ſe ſouvint d'avantage de la façon dont elle m'avoit traité précédemment, ni ſans que je ſongeaſſe moi-même à lui en rappeller le ſouvenir.

CHAPITRE XIV.

Connoiſſance agréable, Lettres, &c.

LE rendez-vous pour la promenade, & le temps marqué aux malades pour prendre les eaux, étoit depuis huit heures du matin juſques à une heure; & je m'y rendois régulièrement. La compagnie alors, quoiqu'un peu mêlée, étoit aſſez bonne. Il y avoit ſur-tout deux jolies femmes, une Angloiſe, & une Italienne. La première, à ce que j'appris, étoit la maîtreſſe d'un Ambaſſadeur, & l'autre, celle d'un de ces perſonnages ſacrés qu'on ne nomme pas. Deux jours après que j'eus fait leur connoiſſance, elles m'invitèrent à une Comédie bourgeoiſe qui ſe jouoit dans une des meilleures maiſons du lieu. J'y allai, & à la ſeconde repréſentation, on me chargea d'un rôle dont je me tirai aſſez bien. C'eſt à cette Comédie que je connus Mademoiſelle N**. qui en étoit ſans contredit la meilleure Actrice. Ma camarade de Théatre devint bientôt très-intéreſſante pour moi. Elle me faiſoit répéter mon rôle, & me donnoit mes repliques. Son eſprit, ſon caractère original, ſa figure, me firent prendre l'intérêt le plus vif à tout ce qui la regardoit. Je gagnai de même l'amitié de ſon père, de ſa mère, & d'une ſœur qu'elle avoit. Peu de temps après, d'un commun accord, ils me forcèrent de prendre un logement chez eux. J'y fus traité comme l'ami & le parent de la maiſon. Mademoiſelle N**. appartenoit à d'honnêtes gens, la plupart intéreſſés dans les Sous-fermes. Elle étoit grande, bien faite, & remplie de graces. La voix, la muſique, la danſe, le deſſin, elle réuniſſoit tous les talens agréables. Son père & ſa mère, qu'elle avoit ſubjugués dès ſon enfance, l'avoient laiſſée entièrement maîtreſſe de ſes volontés, & elle uſoit amplement de tous ſes droits. L'empire qu'elle avoit pris ſur moi devint bientôt ſi fort, qu'elle m'entraînoit malgré moi-même à être de moitié dans toutes les extravagances qui lui paſſoient par la tête. La quantité de ſcènes folles, comiques, ſingulières, qui ſe ſont paſſées entre nous, feroit ſeule la matière d'un livre; mais les bornes que je me ſuis preſcrites pour l'étendue de cet ouvrage, ne me permettent point de les détailler. J'y placerai ſeulement quelques-unes de nos Lettres qui formèrent dans le temps une correſpondance de peu de durée, mais qui doit naturellement ſe placer ici.

De Paris.

» VOUS voyez, ma bonne amie, » que je ſuis exact à ma parole. » Vous avez dû recevoir à Bru- » xelles une Lettre de moi, datée » du jour de votre départ : en » voici une du lendemain. Ma » première ne vous a peut-être » pas fait grand plaiſir ; mais vous » me permettrez de continuer ſur » le même ton. Car, duſſiez-vous » me déteſter, je vous querelle- » rai toujours ſur votre coquet- » terie, & ſur vos inconſéquen- » ces. Votre eſprit a toute la pé- » nétration qu'il faut pour con- » noître le vrai, mais votre cœur » eſt trop indécis pour fixer votre » goût. Votre raiſon vous quitte » toujours quand vous auriez le » plus de beſoin qu'elle vous reſ- » tât : c'eſt bien prendre ſon temps! » Croyez-moi, ne donnez jamais

» d'espérance qu'en proportion de
» ce que vous voulez accorder. Au
» jeu de la coquetterie, personne
» ne gagne : l'Amant, bientôt re-
» buté, quitte la partie ; & la
» Maîtresse perd les hommages de
» l'Amant, souvent même sa répu-
» tation. J'attends la jolie femme
» que vous m'annoncez & qui doit
» loger chez vous ; elle y jouera le
» rôle du Diable, & moi celui de
» S. Antoine. Nous attendons dans
» quelques jours une Eclipse de
» Soleil ; elle est annoncée dans les
» Almanachs. Celle de votre raison
» n'y est point marquée ; ainsi man-
» dez-moi s'il faut aller jusqu'en
» Flandres, pour en être témoin.
» Il n'y a que vous qui puissiez cal-
» culer celle-ci. Sur-tout indiquez-
» moi sa grandeur, sa durée, &
» celle de son immersion, afin que
» je ne courre point les risques de
» la trouver finie en arrivant.

J'ai l'honneur d'être, &c.

De Bruxelles le ....

» QUAND cesserez-vous, mon » cher Monnet, de me tourmenter? Ne suis-je pas assez malheu- » reuse, sans que vous cherchiez » encore à augmenter ma peine » par des reproches que je ne mé- » rite pas? Je me justifierai moins » sérieusement sur les entours que » vous me reprochez, que sur » toute autre chose. Chaque es- » pèce, vous en convenez, a ses » agrémens & ses défauts. Les » petits Maîtres sont des Êtres » superficiels & légers, qu'on ne » peut pas soupçonner de penser; » par conséquent ils n'affectent » pas à un certain point. Je me » sers de votre comparaison : on » trouve un petit chien sous sa » main, on s'en amuse, on le fait » caqueter, on lui tire les oreil- » les; il se mutine, on le radoucit

» avec une gimblette. En jouant,
» on se garantit de sa morsure, &
» on le flatte tant qu'il plaît. Son
» badinage trop répété ennuie à
» la fin ; on s'en défait, & le ro-
» quet insolent aboie, mais n'a
» pas mordu. Les grands colliers,
» fiers de leurs prouesses, avanta-
» geux par état, coquets par air,
» inconstans par tempérament, ne
» cherchant que nouvelles fortu-
» nes, séduisant *Marquise*, *Flores*,
» *Sultane*, courant *Babiole*, *Li-*
» *zette*, & *Rencontre*, s'établissent
» un serrail dans chaque chenil.
» Instruits dans l'art de plaire,
» n'en aimant que la gloire, &
» en méprisant les fruits ; perfides
» de sang froid, prodigues de
» sermens, traitant l'amour de chi-
» mère & la bonne foi de dupe-
» rie : voilà, je crois, l'espèce dan-
» gereuse, l'espèce qu'il faut fuir.
» Mais la connoît-on? c'est l'ou-
» vrage de l'expérience. Je sou-

» haite

» haite que vous ſoyez auſſi con-
» tent de ces deux portraits & de
» mon amitié, que je ſuis contente
» de la vôtre & de vos ſages con-
» ſeils. Adieu, mon cher Monnet,
» aimez-moi toujours. »

De Bruxelles.

» Je me ſuis couchée hier à dix
» heures, & réveillée aujourd'hui
» à huit; il en eſt onze, & me
» voilà déterminée à vous écrire.
» Je conçois, mon cher Monnet,
» que vous êtes dans une belle
» fureur contre moi; mais c'eſt
» une choſe étrange que de ſe met-
» tre en tête de jouer la Comé-
» die*! Je ne ſçais rien de ſi ſé-
» duiſant, ni qui occupe d'avan-
» tage. Il faut apprendre ſes rôles,
» diſputer ſur le choix des pièces,
» ſe quereller aux répétitions; re-

* Comédie de ſociété.

» cevoir des conseils de tous les
» importans, qui, à les entendre,
» se connoissent à tout; ne jouer
» cependant que d'après soi, c'est-
» à-dire, comme l'on sent, se
» laisser modestement accabler de
» complimens, vrais ou faux, rire
» avec les Critiques, & braver le
» courroux de ceux qu'on ne veut
» point admettre à ses plaisirs;
» exception faite de ce dernier
» trait, il faut enfin devenir Co-
» médienne. Vous vous doutez
» bien, mon cher Monnet, que
» j'ai brillé dans ce caractère.
» L'entêtement, l'amour-propre,
» le ton décidé, les tracasseries,
» les fantaisies, m'ont distinguée
» dans la troupe, & ont présagé
» la supériorité de mon talent. J'ai
» joué la Duegne avec le front
» de ces femmes qui gagnent le
» Paradis, en enrageant de ne plus
» mériter l'Enfer; qui avec ces
» grands mots de vertu, de sages-

» ſe, de retraite & d'horreur pour » les Amans, en parlent avec une » vivacité qui les fait ſoupçonner » d'avoir eu quelques ſujets de ſe » plaindre d'eux. Les gens frais » émoulus de Mademoiſelle Gauſſin » n'ont pas trouvé que j'aie ſi bien » rendu Zénéïde, & j'en con- » viens de bonne foi. Il n'y a pas » un ridicule à ſaiſir dans cette » pièce; ſon Olinde n'eſt pas en- » core un homme formé, il n'a ni » airs, ni prétentions; on n'en » peut tirer que du ſentiment. » Vous me demandez des nouvel- » les du Spectacle, elles ne ſont » pas brillantes. C'eſt ici le triom- » phe de l'Opéra-Comique; l'Acte » d'Eglé y a même pris cette for- » me. On crie, on ne chante pas; » voilà les nouvelles théâtrales. » Celles de la bonne compagnie, » ſont que nous avons deux jeunes » Actrices groſſes; & le Maré- » chal en paroît tout glorieux. Pour

» moi, qui n'ai ni complaisance, » ni crédulité de reste, je lui ai » dit qu'il n'étoit jamais né d'Her- » cule de la race des Pigmées : cela » tombe sur la plus petite des » deux. J'ai ajouté qu'un grand » Général avoit bien des Aides- » de-Camp, & que ces Êtres » obligeants & empressés se fou- » roient par-tout. Il paroît ne se » fâcher jamais de mes mauvaises » plaisanteries ; mais je ne sçais » point ce qu'il en pense tout bas ».

De Paris.

» VOUS voilà donc enfin Co- » médienne, jouant grands & pe- » tits rôles, amoureuse, caractère, » & par-tout du succès. Dans la » même année, vous triomphez » au Couvent, au Théâtre, au » milieu des Armées. Si la guerre » eut continué, vous auriez sans » doute gagné quelques batailles ;

» &, par forme de paſſe-temps, » tué quelques milliers d'ennemis. » Vous les domterez plus aiſé- » ment pendant la paix. La fécon- » dité que vous m'annoncez eſt » très-plaiſante dans les circonſ- » tances, & vos obſervations le » ſont encore d'avantage. Votre » Général aura bientôt la gloire » du plus brillant des travaux » d'Hercule. *La Superbe* a-t-elle » bien pris la dignité qui convient » à ſon état ? Eſt-ce une Sultane » fière ou affable ? Pour l'autre, » je n'en ſuis pas en peine ; elle » aura toujours l'air de n'avoir » touché à rien. »

De Paris.

» COMMENÇONS par nous met- » tre d'accord ſur les qualités. » *Mademoiſelle* ne vous convient » pas, j'y ſubſtituerai celle de *mon* » *Amie*, ſi vous voulez bien me le

» permettre, en attendant qu'il y » ait quelque chose de plus. Car, » en vérité, l'indigence où se trou- » ve actuellement votre coquet- » terie me feroit presque croire » que vous ne seriez pas éloignée » de m'aimer, pour peu que je » devinsse présomptueux & que » votre ennui continuât. Toutes » réflexions faites, je conserverai » mon respect; il est le gardien » de mon cœur; il n'en seroit pas » plutôt éloigné, que ce pauvre » cœur, sans défense, se laisseroit » prendre comme *Bajazet*, pour » être ensuite berné comme *San-* » *cho*. J'aime mieux protéger que » servir votre coquetterie; le mé- » tier n'est pas honnête, mais que » ne feroit-on pas pour vous? » Tout occupé des besoins de vo- » tre ame, j'ai imité le zèle des » dévots; j'ai fait courir des billets » de recommandation. Sçavez- » vous comment? En montrant

» vos Lettres. Par-tout j'ai ren-
» contré des admirateurs ; mais les
» adorateurs ſont d'une rareté
» étonnante, je dis des *adorateurs*
» tels qu'il vous les faut. Enfin le
» hazard, qui me ſert quelquefois
» aſſez bien, m'en a fait tomber
» un entre les mains ; il eſt trop
» ſingulier pour ne pas vous en
» parler. C'eſt un garçon à qui je
» connoiſſois deux réputations,
» une pour le vulgaire, qu'il n'eſti-
» me pas, & une autre pour ſes
» amis qu'il mérite. Une troiſième
» que j'ignorois, & dont il m'a fait
» confidence, c'eſt une façon de
» s'enflammer qui m'a paru neuve.
» Les beautés les plus frappantes,
» les agrémens les plus piquants,
» tourneroient inceſſamment au-
» tour de lui, ſans l'ébranler ; mais
» il ne réſiſte pas aux lettres, &
» à l'eſprit des femmes ſur-tout.
» Si on lui propoſe d'en devenir
» amoureux, c'eſt alors un homme

» perdu, effréné. Sans connoître » toute ſa manie, voici comme » j'en ai fait l'expérience. Deux de » vos Lettres qu'il a vues ont » commencé ſa défaite. Je lui ai » propoſé bonnement de s'enga» ger à votre ſervice ; & il eſt » actuellement épris de la plus » violente paſſion pour vous. Mais » comme il eſt arrangé, il de» mande quelques jours pour que » ſon imagination puiſſe finir hon» nêtement deux ou trois intri» gues réglées qu'il a avec des » femmes, dont la plus à ſa por» tée, n'eſt qu'à 70 lieues de Paris, » qu'il n'a jamais vues d'ailleurs, » & qu'il n'en trouve pas moins » charmantes, moins adorables. » On ne peut, de plus, avoir de » meilleurs procédés avec les fem» mes ; il ne craint, en les aimant, » qu'une choſe : c'eſt qu'elles ne » ceſſent d'être coquettes. Cette » ſeule qualité, auprès de lui, ſup-

» plée à toutes les autres : il a ſur » cela des principes dont la diſcuſ» ſion ſeroit trop longue à pré» ſent. Je vous en parlerai une » autrefois. »

De Bruxelles.

» MON cher Monnet, vous » m'avez dit pluſieurs fois que vous » n'aviez jamais été amoureux de » moi, & que vous ne le ſeriez » jamais. Eh bien ! il faut le croire » & s'en conſoler. Mais comme » j'ai le cœur vuide, & qu'il me » faut naturellement une victime, » ne fut-ce que pour paſſer le » temps, je prendrai votre incon» nu. Le merveilleux de ſa paſſion » me pique, & je lui trouve un » caractère fait pour moi. Com» ment ? Il ne veut abſolument pas » me connoître ? Il craint que ma » coquetterie n'ait des bornes ? » Oh ! qu'il ſe tranquilliſe ; je lui

» promets de le tourmenter tout » autant de près que de loin; & » pour lui prouver qu'on ne peut » pas être plus coquette que je le » suis, je me détermine à lui faire » des avances marquées. Je vais » lui écrire, & vous lui remettrez » ma lettre.

» Dites-moi donc, mon cher » Monnet, quelque chose de drôle » pour m'amuser, des nouvelles » de Paris, telles que vous les » aurez. »

De Paris.

» COMMENT voulez-vous qu'on » vous rende amusement pour » amusement? Vous écrivez si fa» cilement & si bien; vous avez » à peindre des objets si plaisants » & si singuliers? Ici nous n'avons » qu'un cercle de ridicules qui de» viennent insipides à force d'être » connus. L'Opéra, qui fournis-

» ſoit autrefois des aventures, eſt, » depuis l'arrivée des nouveaux » Directeurs, comme un pays où » les Pandours ſont entrés ; le dé- » ſordre, la crainte, l'inquiétude, » occupent tous les ſujets. A pro- » pos de ſujets, il y a maintenant » un conflit entre les Commiſſaires » & les nouveaux Directeurs. Les » premiers avoient eu l'audace de » menacer de leur indignation trois » jolies filles ſorties récemment » des écoles des Dames, *Paris* & » *Florence.* Les Directeurs, pro- » tecteurs nés des Graces, ont » ſignalé leur avénement à la di- » rection par un coup d'éclat, en » faiſant revêtir ces trois nouvelles » Graces de l'habit ſacré qui inter- » dit à la Police l'impoſition de ſes » mains prophanes ſur elles. Que » ne doit-on pas attendre d'une » adminiſtration commencée ſous » de ſi agréables auſpices ?

» Je vais, moi, paſſer en An-

« gleterre ſous ceux du Prince de « Galles, pour établir une Comé- « die Françoiſe à Londres, & pour « voir ſi la fortune me traitera « mieux là qu'elle n'a fait ailleurs. « Je compte partir dans peu avec « Lord Sta **. qui veut bien me « donner une place dans ſa chaiſe. « Je prendrai vos ordres avant de « quitter votre maiſon, où je laiſ- « ſerai une perſonne ſûre, pour « prendre ſoin du chien, du chat, « du perroquet, & de vos pi- « geons. «

De Bruxelles.

« DEPUIS que vous partez pour « Londres, & que vous croyez de- « venir un Baronet, un homme « de conſéquence, vous êtes d'une « rareté qui m'annonce vos futu- « res grandeurs. Je ſçais que vous « êtes déja un demi important ; « vos amis ne vous voient plus ;

» vous vous enfermez chez vous, » pour avoir l'air de faire quelque » chose ; vous faites attendre dans » votre antichambre ; vous avez » des Maîtres qui ne vous apprennent rien ; vous vous montrez » une minute à tous les Spectacles ; tout vous excède, tout est » mauvais ; vous arrivez chez vous » bien fatigué ; toute votre journée s'est passée en projets inutiles ; tous vos plaisirs se sont » bornés à lorgner des femmes qui » ne vous ont point apperçu, à » louer des vers que vous n'avez » point entendus, à critiquer une » pièce dont vous n'avez vû que » le dernier Acte. Enfin, mon » cher Monnet, vous voilà un joli » homme, & par conséquent, le » plus sot, le plus ridicule, le plus » ennuyeux, le plus ennuyé de » tous les êtres. On m'a écrit tout « cela, & je n'en ai pas été fort » surprise. Quand je vous ai quit-

» té, vous aviez déja un fond de
» ridicule, qui m'avoit préparée à
» cette métamorphose; mais pour-
» quoi prendre ce caractère à la
» veille de partir pour Londres ?
» C'est bien mal choisir son temps
» pour devenir petit maître. Il me
» semble qu'il faut se plier aux
» mœurs des nations chez lesquel-
» les ont veut réussir, & que c'est
» le seul moyen de leur plaire. Vous
» trouverez là des *Jacques Rosbifs*
» qui ne sentiront point le prix
» de vos gentillesses. Mais je quitte
» le ton de la plaisanterie; je veux
» vous parler sérieusement de votre
» projet. Je commence à le goûter
» par réflexion. La nouveauté a
» des attraits par-tout : celle de
» votre Spectacle attirera sûre-
» ment les Anglois. Les progrès
» que notre langue a faits chez eux
» depuis la guerre doivent encore
» vous servir; & la supériorité des
» talens peuvent les fixer à votre

» Comédie. En choisissant dans nos » Théâtres, les pièces qui sont le » plus dans leur genre, insensiblement on les accoutumera au nôtre; les nuances s'éclairciront par » gradation, & nos mœurs leurs » deviendront familières. Elles ne » sont que trop séduisantes ; il est » bien difficile de se garantir de » leur poison. Les femmes ont toutes le germe de la coquetterie » dans le cœur. On dit que les Angloises sont tendres, & les hommes de bonne foi. Je vous les livre tous, dans un an, aussi faux, » aussi légers que nous. L'image » de nos mœurs les corrompra; » ils s'applaudiront de ne nous pas » ressembler, & bientôt ils prendront nos couleurs, sans s'en apercevoir. Voilà ce que je pense » de vous & de la Nation Angloise : faites en votre profit. »

CHAPITRE XV.

Nouvelle entreprise, Voyage à Londres, Acteur singulier, &c.

AU mois d'Août 1748, le Sieur *Rich*, Directeur d'un Théâtre Anglois à Londres, m'avoit fait proposer, par un de ses amis qui étoit à Paris, de lui former une troupe de Comédiens François; il m'avoit fait demander en même-temps à combien j'estimois que la dépense pourroit monter. Je lui avois répondu que je ne pouvois pas me charger d'une entreprise de cette nature, sans avoir vu le Sieur *Rich*, & sans être convenu avec lui de nos faits. Ayant manqué la direction de l'Opéra de Paris, & voulant pour la troisième fois tenter fortune, je fis donc le voyage

voyage de Londres, avec des lettres de recommandations de feu M. le Maréchal de S**. & du feu Lord Sta**. qui voulut bien me donner une place dans sa chaise. Nous arrivâmes le second jour, assez tard à Boulogne, pour attendre un vent favorable. Il y avoit dans cette Ville une Comédie qui étoit à mourir de rire. On jouoit dans une espèce de grange, tapissée de nattes de paille. Le Théâtre étoit construit de planches & de tonneaux ; deux antiques & mauvais paravents en faisoient les décorations. Les Spectateurs étoient placés sur des bancs à douze sols par place ; il y avoit quelques chaises de paille pour les personnes distinguées, que l'on payoit vingt-quatre sols. Le jour que nous vîmes ce Spectacle, on y représentoit une Tragédie. Celui qui faisoit le premier rôle avoit un bras de bois, dont il se servoit bien adroitement dans les momens de repos en le plaçant derrière son dos : cette action paroissoit même lui donner de la grace, mais dans les instans où il falloit agir, ce diable de bras s'échappoit, s'en venoit pendre pardevant, & par le balancement qu'il faisoit, excitoit un ris général, aux endroits même où il falloit pleurer. Cependant cet adroit manchot avoit trouvé le moyen de remédier à cet inconvénient. Chaque fois que le bras mutin se dérangeoit, par un coup de sa bonne main, qu'il sçavoit donner à propos sur le bras postiche, il le renvoyoit vîte à la place qu'il devoit occuper, c'est-à-dire, derrière son dos, où son poste étoit marqué. Un des camarades de ce Comédien me dit qu'il étoit devenu si habile à ce jeu de Théâtre, que l'on venoit plutôt pour voir l'exercice du bras que pour entendre l'Acteur.

Le ſix Août, nous nous embarquâmes dans un Paquebot, qui nous paſſa en trois heures de Boulogne à Douvres. Nous arrivâmes à Londres, où j'eus une grande conférence avec le Sieur *Rich.* Il fut arrêté, 1°. que j'engagerois pour ſon compte tous les ſujets néceſſaires pour former une Troupe Françoiſe; 2°. que je ſerois chargé de la direction de cette Troupe; 3°. qu'il feroit ſeul toutes les avances, & qu'il me donneroit des honoraires convenables; 4°. que l'on feroit jouer alternativement des pièces du Théâtre François & des pièces Angloiſes. Cet arrangement fait, j'engageai les meilleurs Sujets que je pus trouver pour jouer à Londres depuis le mois d'Octobre 1748, juſqu'au Carême de l'année 1749.

Je voyois régulièrement le Sieur *Rich*, & je lui faiſois part de toutes mes opérations concernant notre entreprise. Quoique jusques-là je n'eusse pas la moindre raison de soupçonner aucun changement de sa part, je crus cependant devoir lui proposer de faire un traité par écrit pour assurer les appointemens des Acteurs & mes honoraires. Il me demanda quelque temps pour se consulter à cet égard, ce qu'il fit avec quelques Anglois de ses amis & quelques-uns de ses Comédiens. Ceux-ci, pour leur propre intérêt, lui conseillèrent de ne point s'engager avec moi, sous prétexte que cette association ne pouvoit que lui faire beaucoup de tort & déplaire à la nation Angloise. Le Sieur *Rich* me retira donc sa parole; & ce contre-temps, auquel je ne m'attendois pas, me fit chercher des expédiens pour tirer parti des Sujets que j'avois engagés.

Je m'adressai à M. *Garrick*, que je ne connoissois point alors. Je lui propoſai de remplacer le Sieur *Rich.* Il me refuſa par des raiſons que je ne pus qu'approuver ; il me donna même des conſeils dignes de toute la droiture & l'honnêteté que j'ai depuis bien éprouvées chez lui.

Dès ce moment, je me réſignai à la Providence, à mon courage, & à la bienveillance de la nation Angloiſe. Je fis part à mes Protecteurs de ce qui s'étoit paſſé entre les deux Directeurs de Spectacles & moi. On me conſeilla de ſuivre mon projet, c'eſt-à-dire, de faire l'établiſſement pour mon compte, de louer le petit Théâtre de *Haymarket*, * & d'ouvrir une ſouſcription. Tout cela fut exécuté ; je louai le Théâtre, la ſouſcription réuſſit, & je partis pour la France avec cinq cens louis provenant de cette ſouſcription.

* Marché au Foin.

De retour à Paris, je repris le logement que j'avois occupé chez Mademoiſelle N***. Les Acteurs que j'avois engagés pour Londres s'y raſſembloient ; on y fit le Répertoire, & les répétitions des pièces que l'on devoit jouer. Mademoiſelle N**, peu de jours après mon arrivée, partit pour aller paſſer la plus grande partie de l'Automne dans une petite terre que ſon père avoit en Champagne ; & ce fut de-là qu'elle m'écrivit les Lettres ſuivantes.

CHAPITRE XVI.

*Continuation des Lettres de Mademoiſelle N**.*

D'Avenay en Champagne.

„ MON eſprit eſt enfin moins „ noir, mon cher Monnet ; il faut „ que je vous conte tous mes plai- „ ſirs de Rheims. Je paſſe les ac- „ cidens du voyage, la peur que „ me fit un loup dont je triomphai, „ ſans le ſecours de mes piſtolets, „ puiſque mes cris ſuffirent pour „ le mettre en fuite. Dans ce pé- „ rilleux moment, je n'aurois pas „ troqué de voix avec Orphée ; „ j'aurois compté pour rien le pou- „ voir de pétrifier l'animal par le „ charme de mes ſons, l'écarter „ me paroiſſoit le plus ſûr, auſſi,

„ ſans m'en fier à l'harmonie, je „ ne varierai jamais ſur le parti „ que j'aurai à prendre en pareille „ rencontre. J'arrivai à Rheims au „ ſoleil couchant, cette remarque „ n'eſt pas inutile. Il y avoit aſſem- „ blée dans une maiſon devant „ laquelle je paſſois, & les Dames „ étoient aux fenêtres. Vous voyez „ que mon ſoleil couchant n'eſt „ pas indifférent; elles n'auroient „ pas expoſé leur tein à ſes ar- „ deurs, & un Hiſtorien fidèle ne „ doit rien oublier de ce qui ap- „ partient à la vraiſemblance. On „ m'apperçut : depuis long-temps „ on avoit de la curioſité ſur mon „ compte ; l'Abbé de l'Att**. m'a „ chantée, on vouloit juger ſon „ ouvrage d'après moi. Deux fem- „ mes de ma connoiſſance arrê- „ tèrent ma chaiſe, & m'engagè- „ rent à deſcendre. Je m'en défen- „ dis ſur mon négligé ; on m'aſſura „ qu'il étoit charmant, je le ſça-

„ vois déja ; mais je me fis presser „ assez pour donner à mon amour „ propre un air de complaisance „ qui prévint en ma faveur. J'en- „ trai sur la scène. Tout parut „ s'empresser d'abord à me voir ; „ on me présenta à toutes les fem- „ mes imposantes. Le cérémonial „ finit, on fit cercle autour de moi. „ Je débutai par trois ou qua- „ tre plaisanteries ; elles prirent „ assez bien, sans doute, puisque „ je vis presque toutes les femmes „ se remettre froidement à leur „ jeu, & tous les hommes me res- „ ter : c'étoit un triomphe complet. „ J'apperçus, dans un coin du „ salon, une table où l'on avoit „ fait peu d'attention à mon arri- „ vée : vous connoissez le cœur „ des femmes, voilà toute ma gloi- „ re évanouie. Je demandai assez „ dédaigneusement qui l'occupoit? „ On me dit que c'étoit deux pe- „ tites Maîtresses qui venoient

„ paſſer deux mois à Rheims &
„ qui fatiguoient depuis quinze
„ jours la Ville de leurs imperti-
„ nences. L'éloge me parut mo-
„ deſte. Voyez-vous, me dit Ma-
„ demoiſelle ***, (à qui l'une d'el-
„ les avoit enlevé ſon Amant,)
„ voyez-vous ces deux hommes
„ qui jouent avec elles ? Ce ſont
„ les plus aimables d'ici, & les plus
„ ſots cependant; car ils ſe ſont
„ laiſſé ſubjuguer par les minaude-
„ ries de ces Déeſſes. Depuis qu'el-
„ les s'en ſont emparé d'autorité,
„ nous ne les voyons plus. Encore
„ ſi c'étoit vous qui nous les en-
„ levaſſiez, on vous le pardonne-
„ roit, & à eux auſſi; mais deux
„ bégueulles qui n'ont pas le ſens
„ commun ! Vous devriez bien
„ nous venger, & leur ôter leurs
„ conquêtes. Je plaiſantai beau-
„ coup ſur la propoſition qu'on me
„ faiſoit; la converſation s'anima,
„ & ſur la fin, à l'air ſérieux dont

„ on m'en parloit, je crus qu'on
„ vouloit m'en faire une affaire
„ d'honneur. Cette partie intéreſ-
„ ſante finie, Mademoiſelle ***,
„ me préſenta ces deux merveil-
„ leux, que je reçus aſſez légère-
„ ment. Les deux femmes vinrent
„ ſe placer vis-à-vis de moi. Je
„ voulus d'abord connoître leur
„ ton, & tout d'un coup j'élevai
„ le mien juſqu'à elles. Me voilà
„ dans un fauteuil d'un air tout
„ auſſi penché, à faire d'abord
„ aſſaut de nœuds & de mines.
„ Elles parlèrent, je les décidai du
„ Marais; & avec trois ou quatre
„ mots (*délicieux*, *ſupérieur*, *divin*
„ & *perſifler*) je leur fis ſentir la
„ ſupériorité du Faubourg S. Ger-
„ main. Elles n'y tinrent pas, &
„ elles ſortirent pour la prome-
„ nade. J'aſſurai Mademoiſelle***,
„ que c'étoit un prétexte, & qu'el-
„ les auroient des vapeurs pour
„ toute la ſoirée. Je fus abordable

„ après leur départ, & le mien „ laissa la liberté de me juger à „ mon tour. Je sç s le lendemain „ que j'avois réussi; mais comme „ il falloit me trouver un défaut, „ tout le monde convint que je „ sentois l'ambre. Voilà, mon cher „ Monnet, mon début à Rheims. „ J'y ai été quatre jours environ- „ née de tous les brillants de la „ Ville. De ces deux agréables, „ l'un m'est échappé, & l'autre m'a „ fait une cour très-régulière. „ Adieu, mon cher Monnet. A „ propos, vous avez toujours le „ commandement aisé: vous vou- „ lez que je réponde à des gens „ qui ont plus d'esprit que moi. „ Vous êtes comme ces gourmands „ (la comparaison vous assomme,) „ qui mangent le miel qu'apprê- „ tent les abeilles, sans songer „ aux peines qu'elles ont pour re- „ cueillir le suc des fleurs qui le „ compose. Parce que vous voilà

„ familiarisé avec l'esprit, & que
„ vous passez vos jours avec des
„ gens qui en ont à commandement, vous ferez le merveilleux,
„ & l'on ne pourra vous aborder
„ qu'avec de l'esprit? Il faut que
„ vous vous accoutumiez aux caprices & aux hazards du mien.
„ Tenez, mon cher Monnet, je
„ veux bien vous en faire l'aveu:
„ je n'en ai jamais quand je m'ennuie. Je végette ici avec une fourmilière de sots, & je mène une
„ vie extraordinaire. Je dors jusqu'à ce que le soleil se couche;
„ je cours ensuite à mon cheval;
„ nous nous en allons tous deux,
„ sans mot dire, & sans en penser
„ guère d'avantage. Il me mène
„ où il veut, & nous revenons sans
„ sçavoir où nous avons été. Je
„ gronde en arrivant; on me sert
„ à souper; je mange presque aussi
„ vîte que vous, mais pas si longtemps. Après je commence mes

„ visites. Je trouve mes Villageois „ qui jouent à la main chaude, aux „ barres, ou au corbillon. On tire „ les gages, on se baise, & on se „ fait des confidences d'une fa- „ deur !... Onze heures sonnent : „ mon Gentilhomme examine la „ batterie de son fusil, & déclare „ qu'il doit être le lendemain au „ point du jour à l'affût. On se „ lève, on part : voilà la fin de „ l'ennui pour tout le monde ; mais „ moi il faut que j'attrape quatre „ ou cinq heures du matin. Je me „ promène, je lis, j'écris, & je „ pense que j'ai encore quatre mois „ à rester ici. Adieu, mon cher „ Monnet, si vous ne venez pas „ bientôt, je mourrai de tristesse. „

D'Avenay ce ....

„ Je vous écrivis hier huit pa- „ ges, & je ne me souviens pas de „ vous avoir dit un mot de notre

» voyage. Je vous aſſure, mon cher
» Monnet, que, ſi vous en euſſiez
» été, j'aurois bien ri. Rien n'étoit
» ſi plaiſant que l'embarras de l'Ab-
» bé. Du plus loin qu'il découvroit
» un clocher, il montoit mon petit
» acajou, & paſſoit fièrement tout
» le Village ; mais ſa gloire duroit
» peu, & je ne lui donnois pas le
» temps de regarder derrière lui
» pour en deſcendre. Malgré tout
» mon chagrin, je ne pouvois
» m'empêcher de rire du paſſage
» rapide de ſa pompe à ſon humi-
» liation ; mais ce qu'il y avoit de
» meilleur, c'étoit de voir le com-
» bat de ſa vanité avec ſa pareſſe.
» Un orage affreux les mit d'ac-
» cord ; la pluie lui ôtoit la force
» de marcher, & le voilà, malgré
» l'indécence, grimpé ſur l'impé-
» riale de ma chaiſe, d'où il exa-
» minoit la nuée pour m'en rendre
» compte. J'étois ſaiſie d'effroi ;
» chaque éclair me faiſoit fermer

„ les yeux comme à R **. *Pham-„ phale* *, raisonnant en Physicien-„ ne sur l'attraction de l'air, crai-„ gnoit de l'agiter, & d'attirer le „ tonnerre, en se grattant le bout „ du nez; elle y avoit une déman-„ geaison qu'elle n'osoit satisfaire, „ & me confioit sur cela ses besoins „ & ses frayeurs avec les expres-„ sions les plus plaisantes. Ma sœur „ prétendoit que l'Abbé, étendu „ sur notre impériale, tentoit le „ céleste courroux, & nous attire-„ roit quelques disgraces. Enfin, „ moi, qui suis la créature la plus „ peureuse, je ne pouvois retenir „ les éclats de rire que nos idées „ nous fournissoient. Notre voyage „ n'a pas été heureux, & on ne „ peut pourtant en faire un plus „ gai; nous n'avons pas eu le „ temps de nous ennuyer un mo-„ ment. Quand nous ne savions

* Jeune Négresse qui appartenoit au Maréchal de S**.

plus

„ plus que dire, nous n'avions qu'à
„ ſiffler; notre Poſtillon nous ver-
„ ſoit tant que nous voulions, &
„ rien ne fournit tant que cela à
„ la converſation. On commence
„ par ſe plaindre, on ſe croit roué;
„ inſenſiblement tous les membres
„ ſe retrouvent à leur place; on n'a
„ plus que ſon bonnet & ſes mules
„ à chercher, ſa voiture à relever;
„ ce ſont des riens, mais cela vous
„ amuſe. Cependant, comme l'u-
„ ſage peu ménagé des plaiſirs en
„ émouſſe le goût, celui de verſer
„ m'eſt devenu inſipide, & j'ai pris
„ la poſte à Soiſſons, pour me tirer
„ des mains de mon Poſtillon, qui
„ m'auroit tuée infailliblement par
„ ſa mal-adreſſe ou par ſa lenteur.
„ Je ſuis enchantée, mon cher
„ Monnet, que Mademoiſelle V**.
„ vous faſſe paſſer quelques mo-
„ mens agréables; je ne crois pour-
„ tant pas que cela dure long-
„ temps. Les gens qui ne ſont pas

„ d'un commerce sûr perdent à „ être connus. Je crois la franchise „ nécessaire à l'amitié ; j'en ai trop „ pour vous, pour ne pas vous „ avertir de vous défier de ses „ caresses : & j'espère obtenir de „ la vôtre, que vous éviterez de „ la voir. Adieu, mon cher Mon- „ net ; arrangez vos affaires de fa- „ çon que vous puissiez me venir „ voir bientôt & passer deux mois „ avec moi. A propos, il y a ici „ une Comédie. C'est le Souffleur „ qui joue les grands rôles ; Mé- „ rope est à faire mourir de rire. „

D'Avenay ce....

„ JE ne me porte pas bien, mon „ cher Monnet ; ma sœur a été „ saignée du bras & du pied ; elle a „ une fièvre enragée, j'en ai une du „ diable, & je crois encore un peu „ de gale, le tout à votre service, „ comme de raison. A chaque mot

„ que j'écris, je jette là ma plume „ pour me gratter; c'eſt un plaiſir, „ il n'y a rien qui occupe comme „ la gale. Sans badiner, je l'ai & je „ la tiens d'une jeune Demoiſelle „ que je n'aurois jamais ſoupçonné „ de me faire un ſi joli préſent. „ J'aime à me flatter qu'il m'en reſ- „ tera encore aſſez, quand vous „ arriverez, pour vous en donner „ votre part; mais, duſſiez-vous „ en enrager, ce ne ſera pas de la „ même façon que je l'ai priſe : or, „ devinez d'après cela de quelle ma- „ nière je l'ai gagnée. N'allez pas „ au moins conter ma triſte aven- „ ture à tout le Palais-Royal. Com- „ me je vous connois diſcret, je „ vous permet ſeulement de le dire „ à cinq ou ſix de vos amis, & „ d'ici à trois ou quatre jours, je „ vous enverrai des Lettres au „ ſouffre. Cette gale ne commence „ à paroître que d'hier : ne donnez „ cependant pas cela comme une

„ nouvelle ſûre. J'ai demandé au „ Chirurgien du Village ſi cela du„ reroit long-temps. Il m'a répon„ du, d'un ſérieux à faire mourir „ de rire : *Mademoiſelle, dans quin„ ze jours vous ſerez ſaine & nette „ comme une bague d'argent.* Ne „ trouvez-vous pas cela plaiſant ? „ A propos, j'ai ſçu que vous aviez „ revu Mademoiſelle des Anges ; „ je conſens qu'elle ait pour vous „ tous les charmes imaginables, „ pourvu qu'elle n'ait pas celui de „ vous aveugler ſur mon compte. „ C'eſt une hydre dont on ne con„ noît le poiſon qu'après en avoir „ reſſenti les effets. Que ſon nez à „ reſſort vous enchante ; mais que „ ceux de ſa langue ne vous ſur„ prennent pas. Comme ce n'eſt pas „ d'après elle que je penſe ſur vo„ tre compte, je ne vous vanterai „ pas mon eſtime & la tendre ami„ tié que j'ai pour vous. Adieu, „ Monnet. „

A Avenay.

„ Je vois, mon cher Monnet, „ que vous n'avez pas une foi bien „ vive à ma raiſon. Les fauſſes „ lueurs que vous avez vu tant de „ fois éclipſées par un caprice, „ par une fantaiſie, ſemblent juſ- „ tifier votre incrédulité. Mais ces „ foibles clartés n'étoient que des „ ſaillies de mon humeur, des bou- „ tades, l'ouvrage d'un dépit, plus „ ſouvent encore des projets de „ miſanthropie & de ſingularité „ propres à conduire à la folie par „ un chemin détourné : aujour- „ d'hui je cherche la raiſon. Vos „ queſtions ſur cette matière ne „ m'ont point du tout offenſée ; „ je ne les regarde point comme „ une critique des ridicules aux- „ quels je me ſuis livrée. Vous con- „ noiſſez la difficulté de réfléchir ; „ & ma raiſon vous paroît plutôt

„ un miracle, une choſe ſurnatu-
„ relle, que l'effet de mes réfle-
„ xions. Plaiſanterie ceſſante (car
„ c'en eſt une que je fais, à votre
„ jugement,) je crois en vérité,
„ que le bon ſens ſera bientôt la
„ partie amuſante de mon eſprit.
„ A propos d'eſprit, une femme
„ de ma connoiſſance m'a écrit que
„ M**. ſe plaignoit de mon ſi-
„ lence à ſon égard. Il faut qu'il
„ ſoit de enu fou; je ne me con-
„ nois aucun tort envers lui. Je
„ ſuis naturellement pareſſeuſe; je
„ n'aime à écrire qu'a ceux qui me
„ plaiſent beaucoup, & certaine-
„ ment il n'eſt pas de ce nombre.
„ Je liſois ſes Lettres & ſes Vers
„ avec une ſorte de plaiſir; mais
„ voilà tout. Il eſt amoureux de
„ moi; je n'ai eu que de l'amitié à
„ lui offrir; je ne l'ai jamais trom-
„ pé là-deſſus. Il ſe déſeſpère, il
„ ſe fâche, il ſe raccommode, il
„ me hait, il m'aime, & puis il me

„ déteſte ; à lui permis. Je ne m'af-
„ flige de rien. L'indifférence eſt
„ un état tranquille. Mais, croyez-
„ m'en, mon cher Monnet, M***.
„ eſt auprès d'une femme, le mor-
„ tel le plus mauſſade & le plus
„ ennuyeux qu'il ſoit poſſible de
„ trouver, ſur-tout quand il eſt
„ amoureux. Chaque fois qu'il s'eſt
„ aviſé de m'entretenir de ſon
„ amour, il m'a toujours laiſſé des
„ vapeurs pour vingt-quatre heu-
„ res. Vous me marquerez le jour
„ de votre départ, & l'endroit où
„ je pourrai vous adreſſer mes Let-
„ tres à Londres. „

Fin du Tome premier.

TABLE
DES CHAPITRES
Contenus dans ce Volume.

Fin de la Table.

www.ingramcontent.com/pod-product-compliance
Ingram Content Group UK Ltd.
Pitfield, Milton Keynes, MK11 3LW, UK
UKHW022029170726
13837UKWH00001B/494

9 782329 585918